CW00468237

LA VRILLE

Le Journal
d'une Masseuse

PARIS

R. DORN, ÉDITEUR

51, RUE MONSIEUR-LE-PRINCE

1906

CHAPITRE PREMIER

OU L'ON VOIT L'AUTEUR ALLANT SE METTRE
AU VERT

Ainsi parla le père Boche :

— Mon petit, tu t'es surmené : tu as fait la noce, bien sûr, tu as trop veillé, trop bu, trop fumé ; trop. . .

Moi. — Mais non, papa Boche, je vous jure : j'ai travaillé, j'ai...

Le père Boche. — Suffit, rhumes mal soignés, dépression, surmenage... File au galop, quitte Paris ; tiens voilà une adresse, n'en bouge pas avant septembre. Compris, hein ! Et surtout pas ça : rien, rien...

Moi. — Mais, papa Boche...

Le père Boche. — Rien, je te dis, pas de jupons. Je te permets à peine quelques cigarettes, ou sinon...

Moi. — Bien, papa Boche, je suivrai vos conseils. Quand faut-il partir ?

Le père Boche. — Mais tout de suite, demain par exemple ; le plus tôt sera le mieux ; et surtout, souviens-toi : Boulotte comme un ogre, ne bois que du lait, fume peu, travaille encore moins, repose-toi, comme dix pachas et ne cours pas après les filles. Maintenant, demi-tour... et au revoir.

Ça tombe à merveille. Justement, j'adore la montagne. Ah ! mes préparatifs n'ont pas traîné, je vous assure... Carnet de chèques, malle bouclée, sapin, en route... Gare de Lyon, wagon-couloir, nuit agitée, m'embête, pas fermé l'œil ! Genève ? Sale ville... non, belle ville, le lac ! Vapeur, embarquement. Traversée, ciel bleu, soleil, lac bleu, femmes bleues, verdures bleues, non... vertes, parbleu !

Montreux, Territet ; voudrais descendre. Villeneuve, débarquement, chemin de fer, attente, hélas ! wagon ; paysans drôles ; pas de femmes ? Pays sans femmes ! Aigle, descente funiculaire, électricité, roues dentées, pente formidable. Ascension ; forêts ; rochers ; sapins... sans cochers ! horizon immense, encore sapins, forêt, rochers, brouillard, chalets. Leysin ? débarquement.

Et j'y suis. Un vieux diable tout ridé, sec et noueux comme un athlète japonais, s'empare de ma malle. C'est le pasteur qui l'a envoyé ! Ah ! c'est le pasteur ? Bien, bien. Il me conduit par un sentier jusqu'à la route étroite. Le village, serré dans un replis du plateau et accoté à la pente de la montagne, semble tout noir avec ses chalets roux aux toits de chaume, d'où montent des filets de fumée dans l'air bleu. Je suis mon guide et je regarde. D'un côté, la haute silhouette du Chamossaire, dont la base se noie sous le fouillis des verdures où gronde la Grande-Eau. En face, la profondeur sombre des bois de sapins qui se perdent sur les hauteurs de Prafandaz, les caravansérails immenses de la Société des Hôtels, les pensions et les chalets de Feydey... Là, le Mont d'Or, le Chaussy tout pelé, le village du Sepey, enfoui au fond de la vallée, les Ormonts avec leurs pâturages, et les deux pointes des Diablerets au-dessous desquelles brille un glacier. Voici la Forclaz, nue et rocheuse, armée et redoutable avec les canons des forts de Savatan, dont les redoutes creusées dans le

rocher menacent l'Italie. Plus loin, les gla-
ciers du Trient, coupés de gorges sombres et
de pics échevelés, et dominant tout, la Dent
du Midi majestueuse, aux sept aiguilles hardi-
ment dressées vers le ciel pur. Puis, du côté
du lac, les montagnes du Chablais.

Le vieux marche, sans dire un mot, le
dos courbé. Le sentier tourne sur lui-même,
entre des sapins et des herbes, et nous arrivons
à un vieux petit chalet roux, perché comme
une pie sur la pente d'un pâturage, juste au-
dessous de l'hôtel du Mont-Blanc. Je suis
ravi ; c'est là que je vais vivre. Tout près du
chalet se trouve un énorme sapin, plusieurs
fois séculaire, dont les branches caressent le
sol. Le pâturage descend en pente rapide jusqu'au village : il y a une jolie route qui y conduit, mais je préfère le raidillon qui passe
dans les prés et qui dévale le long des haies.

Ouf, je suis chez moi. Voyons un peu mon
chez moi. Dame, ce n'est pas grand, grand, ni
très luxueux : il y a mieux, avenue du Bois-de-
Boulogne, et cependant je préfère ceci à cela.

La cuisine toute petite, avec un fourneau,
un vrai fourneau ; à côté, la salle à manger,
toute petite aussi : au premier, à l'unique étage,

deux chambres, également toutes petites, l'une au nord, l'autre au midi. Et c'est tout. Le reste du chalet est occupé par une vaste écurie et par un immense grenier où l'on serre le fourrage.

Tout cela est à moi... jusqu'au mois de septembre. Le sapin aussi est à moi. J'ai découvert sous l'escalier un réduit spacieux où j'élèverais des lapins. Il me faut un chat, n'est-ce pas ! Qui est-ce qui a un chat ? Qui veut me donner son chat ? C'est la mère Vaudroz, qui s'en occupera.

La mère Vaudroz, oui, la bonne vieille qui doit faire mon ménage. Non, ce que je vais m'en payer, du grand seigneur, avec une vieille madame qui fera ma popote, dans mon vieux chalet, sous mon vieux sapin, avec un vieux chat... ou un jeune, ça m'est égal, pourvu que ça soit un chat. Les chattes, c'est embêtant ; elles sont toujours en chaleur.

J'ai boulotté comme un ogre ! c'est la mère Vaudroz qui le veut, qui l'exige, et elle me bourre jusqu'à la gauche. Je digère sous mon sapin, avec mon chat et je contemple la belle nature. La nuit tombe : au-dessus de ma tête

flamboient les illuminations électriques des
hôtels où geignent, toussent et crachent un
monde de phtisiques. A mes pieds s'étale le
village, serré autour de sa vieille église dont le
clocher désastreusement réparé a des reflets
d'argent trop neuf. Mais là-bas, la vallée du
Rhône s'étend, enveloppée d'une ombre violette, à peine visible encore. Quelques points
brillants scintillent au fond de ce noir, et semblent de la vie immobilisée dans l'étreinte
sombre d'un gouffre. Par contraste, les cimes
des montagnes gardent encore la caresse rose
du soleil à son couchant, et l'extrême pointe
des sept aiguilles de la Dent du Midi a l'air
de sortir d'un bain de sang. Des plaques de
pourpre et de moire violette strient le ciel pur
où la nuit a cloué déjà quelques étoiles d'or.
Un apaisement gigantesque semble être des-
cendu sur cet immense horizon où pas un
bruit n'éclate. Quelquefois un cri de cigale, un
tintement de clochettes, au loin, un meugle-
ment de vache, une ioulée de bergers vient
rompre ce solennel repos, puis tout s'efface,
tout s'éteint et il ne reste plus que la nuit qui
descend, les monts qui s'effrondent dans du
noir, le ciel qui s'illumine, et la brise douce

qui met un frisson dans les membres de mon vieux sapin. Il me semble que des voix chuchottent, le long des ruisseaux, et que de belles vierges vont descendre le long des branches pour mener paître leurs chèvres blanches sur la crête des montagnes. Elles viennent, elles apparaissent, couvertes de voiles blancs, blondes, oh ! si blondes, tenant en main des chevrettes tendres dont la clochette tintinabule à chaque pas. Et les voilà qui se dispersent, qui passent légères et gracieusement penchées sur l'envol des nuages, telles des fées de rêve...

Mais oui, parbleu, je rêve ! Quelle heure ? Minuit ! Eh bien, si le père Boche me voyait, qu'est-ce que je prendrais pour guérir ma bronchite !

CHAPITRE II

OU L'AUTEUR COMMENCE A S'ENNUYER

Les jours se suivent et se ressemblent. Je n'ai qu'une occupation : manger ; qu'un plaisir : me promener ; qu'un besoin : dormir.

Et je mange, je me promène et je dors tant que je peux. On ne se figure pas cependant comme c'est pénible de travailler tant. Le soir, quand je me couche, je suis éreinté.

J'ai eu hier la visite du père Fifre, le pasteur. Ah ! quel brave homme, quel digne homme, quoique pasteur. On s'est mis tout de suite à blaguer d'un tas de choses... Et pas un mot de la religion : rien ! Il y en a de ces pasteurs qui ne savent que citer des versets de l'Évangile appliqués à toutes sortes de circonstances

plus ou moins saugrenues ; par exemple, si
un serin meurt, avalé par un chat, vite :
« Hélas ! Le Seigneur l'avait donné, le Seigneur
l'a repris, etc., etc. » ; ou bien, quand madame
a des coliques pour avoir pris une purge trop
active, c'est : « Venez à moi, vous tous qui
êtes travaillés et chargés, et je vous soula-
gerai. »

Ah, la barbe, la jambe ! ! !

Avec le père Fifre, rien de pareil. Il me
traite un peu comme le père Boche, en enfant
terrible. Avec cela, un drôle d'accent, le parler
lent et gras des Vaudois. Il est drôle le papa
Fifre, mais on ne peut cependant s'empêcher
de l'aimer tout de suite. Un brave homme,
quoi !

Vous ai-je dis que je m'ennuyais ? C'est
vrai, tout ce qu'il y a de plus vrai. J'ai beau
me promener partout, je ne puis écarter l'ennui.
Je suis un peu seul, tout de même, malgré mon
chat. J'ai demandé des livres au père Fifre.
Que voulez-vous, on ne peut pas toujours travailler ! Je relis les *Cinq Sous de Lavarède*,
le *Dernier des Mohicans*, le *Robinson Suisse*,
le *Tour du Monde en 80 jours*... Je vous jure,
un enfant de quinze jours en pleurerait !

CHAPITRE III

OU L'AUTEUR FAIT UNE DÉCOUVERTE IMPORTANTE

« Il pleut, il pleut, bergère, rentre tes blancs moutons. »

Et allez donc ! Ça tombe à torrents. Est-ce que, par hasard, le Père Éternel aurait la pituite ?

Que faire, par ce temps-ci ? Si je sors, je me mouillerai sans vaincre mon ennui ; si je reste, je m'ennuirai sans me mouiller.

Et il pleut. L'eau dégouline sur les vitres de ma chambre et forme un ruisselet qui descend le long des poutres ; le raidillon est transformé en torrent. Des nuages noient toutes les montagnes et le village disparaît sous une

buée. De temps en temps, un vol de brouillards enveloppe mon chalet dans ses replis
ouatés et je ne vois plus que du blanc, partout.
Je suis dans le blanc jusqu'au cou, voué au
blanc, puis tout à coup le voile se déchire et
les contreforts du Chamossaire s'estompent
en noir entre les murs blancs du brouillard.
Et c'est ainsi depuis ce matin. Je n'ai plus de
livres. Je n'ai plus de tabac, je n'ai plus de thé.
Dieu, que je m'ennuie.

Mais voyons ; ai-je bien visité mon chalet ?
Si je faisais un voyage d'exploration autour de
ma chambre, moi aussi ! Allons-y. Il y a une
chose qui m'intrigue, c'est le grenier. Mon
chalet est très vieux ; il a été construit en 1671 :
c'est gravé au couteau dans la poutre maîtresse
de la façade. Donc, il y a peut-être quelque
chose d'intéressant dans le grenier.

Il y a surtout du foin. Je remue les bottes
et je soulève des paquets de poussière. Un jour
parcimonieux filtre entre les jointures des
bardeaux et je n'ose frotter une allumette.
Ah, si j'avais une lampe Davy, comme les
mineurs !

Peu à peu, cependant, mes yeux s'accoutu-
ment à l'obscurité relative et je distingue des

objets bizarres. qui jonchent un coin du grenier.

Tiens, un vieux sabre rouillé, un sabre de sapeur de l'Empire, avec sa scie. Et quoi, ceci? Un casque de Prussien ! Non, est-ce que les Prussiens... ? Ah, j'y suis ! En 70, les soldats de Bourbaki ont apporté des trophées, probablement.

Oh. ce meuble ! Une table en chêne... avec des pièces sculptées. Elle est d'un lourd ! J'ai mille peine à la tirer du coin où elle se cache. Elle est très belle, avec ses ornements. Toutes les armoiries de la noblesse vaudoise y sont gravées au couteau. Voici les armes des Cocatrix, des Burloz, des Lachenal, des Comtesse, des Lapallud... Je vais la placer dans ma chambre, cette table ; elle l'ornera magistralement, sans compter le sabre de sapeur et le casque prussien.

Il m'a fallu au moins trois heures pour descendre ma table du grenier et pour la monter dans ma chambre. Je suis moulu, éreinté, sale comme un charbonnier, à force de patauger dans la poussière.

Maintenant, ma table trône dans ma chambre la plus belle : je l'ai bien nettoyée, et elle

a vraiment bon air. Les sculptures dont elle
est couverte apparaissent nettement et je les
étudie avec passion. Il y a des chimères étranges, des têtes réjouies de moines, des grappes
de raisins, des fruits en bouquets : un motif
gothique orne chacun des panneaux. Le dessus
représente une danse de Bacchus. avec le gros
Silène, qui, la panse pleine, se rit de vous, oh
tonneliers ! Un groupe de bacchantes et de
faunes échevelés entourent d'une danse verti-
gineuse le dieu Bacchus perché sur un ton-
neau. C'est joli, c'est vivant, malgré la grossièreté des lignes et les imperfections du
dessin. Décidément, il faut que j'achète cette
table.

Elle a un tiroir, ma table. un grand tiroir
même : j'emploie toutes mes forces pour l'ouvrir, mais je le crois ensorcelé : pas moyen !
Encore un effort : il a bougé ! Hardi, hue,
tire, nom de Dieu ! Enfin.

Enfin, le tiroir est ouvert et j'y plonge un
œil avide. Moi, je suis avide. et le tiroir aussi
est à vide. Mais pourtant, dans le fond, cette
chose blanche... Je tends une main avide
naturellement, et j'amène au jour un rouleau
de papier ficelé, noir de poussière.

Qu'est-ce que c'est que ça ? Un testament !
Le secret d'un trésor à chercher ?

Un coup de couteau dans la ficelle.

— Monsieur La Vrille, monsieur La Vrille.

— Quoi...

— Y a eune lettre.

— Eh bien laissez-la sur la cheminée,
m'man Vaudroz.

— Ouai, mais y a deux sous à payer.

— Eh bien, payez-les.

— Ouai, mais je vas vous dire, j'ai point
d'argeint su me.

— Allons bon ! Attendez.

Et je descends, avec mon paquet de papier.
Aussi bien, je vais un peu interroger la mère
Vaudroz.

— Tenez, m'man Vaudroz, voilà vos deux
sous.

— Merci ben, m'sieu La Vrille.

— Dites donc, m'man Vaudroz, j'ai trouvé
dans le grenier une vieille table sculptée ; je
voudrais l'acheter. Demandez donc à votre
petit-neveu combien il me la vendrait.

— Oh, alle est point à veindre.

— Tiens, pourquoi ça !

— Parque c'est un souveni ; ouai, un souveni de famille; c'est un petit cousin à mon défunt grand'père qui la escultée du temps du maréchal Brune, en nonante huit.

— Eh bien. pour un souvenir, vous en faites grand cas, au grenier. Voyons, je payerai bien. Et puis, si vous ne me la vendez pas, je la volerai, na !

— Oh, tant qu'à ça, on est ben tranquille.

— Ne vous y fiez pas trop, m'man Vaudroz.

Elle rit comme une vieille baleine, à cette idée que j'emporterai sa table.

— Est-ce que vous avez vu. dains le tiroî...

— Quoi donc. m'man Vaudroz ?

— Un paquet de paperasseries que j'y ai fourré à l'autre année.

— Mais oui, le voilà : justement, je voulais vous demander...

— Paraît que c'est un journâl. comme qui dirait ça qu'on écrirait tous les jours de sa vie jusqu'à la mort.

— Oui, un journal, des mémoires.

— Justement ; c'est eune dame. eune dame ben geintille, ben aimâble et ben douce qui l'a laissé. Alle est morte, la pauvre.

— Ah !

— Ouai, alle est décédée à c't' automne, du mal de poitrine. et alle repose maintenant dans not'cimetière. Ah, une ben brave dame, allez !

Je m'apitoie tant que je peux. Et la mère Vaudroz reste là, plantée, les mains jointes sur son gros ventre, à plaindre la pauvre dame ben brave qu'est décédée. Est-ce que tu ne vas pas t'en aller, vieille morue !

Je languis d'être seul, pour feuilleter ces mémoires. Un journal intime, ça doit être rudement curieux, surtout quand l'auteur est une femme.

Enfin, la mère Vaudroz se décide à évacuer.

— Portez-vous ben, m'sieu La Vrille. Soyez sage.

Non, mais elle ne doute de rien, la vieille !

Enfin seul !

CHAPITRE IV

OU MOSSIEU LA VRILLE S'ÉVITE UNE
BESOGNE EMBÊTANTE, EN PUBLIANT SANS
VERGOGNE AUCUNE, ET SOUS SON NOM,
LE MANUSCRIT DE JULIETTE AUDÉOUD.
LES LECTEURS APPRÉCIERONT.

Enfin seul !!!

D'une main fébrile je te crois, si on me
voyait ! je défais le paquet de paperasseries et
un flot de poussière m'entre dans le nez.

Aaat... à vos souhaits. Merci ! trop de poussière ! (certain a dit quelque part : trop de
fleurs). Je souffle à poumons que veux-tu et
j'arrive enfin à rendre quelque blancheur à ce
papier maculé.

Des feuilles et puis des feuilles jonchent ma
table, ma belle table escultée. Il y en a de

toutes les grandeurs (des feuilles, pas des
tables), et vraiment, celle qui les a griffonnées
n'avait aucun sens de la symétrie. Les unes
ont trois pieds de longueur, d'autres, à peine
la hauteur d'un misérable in-8. Ce qu'elle
avait surtout, l'autoresse. c'est un don très
développé de caricaturiste, et la plupart des
feuilles sont ornées de bonshommes et de
bonnes femmes telles qu'on en peut voir sur
les murs lorsque les gosses de la Maternelle
réussissent à chiper un bout de craie.

Heureusement, elles sont numérotées, les
feuilles. En effet, c'est bien un journal, le
journal de ma vie, les mémoires de mes souffrances...

Elle a dû beaucoup souffrir, la pauvre fille
qui pleure en ce manuscrit, car il ne comporte
pas moins de 560 pages entrecoupées de cari-
catures et de dessins hiéroglyfiques. Je cherche
son nom... Elle est modeste, elle n'a même pas
signé son œuvre. Voyons, pourtant. Ah! là Ju...
Juliette Audéoud. Tiens, Juliette, Jette ! Joli
nom. Je parie qu'elle a dû être jolie ; d'ailleurs
elle doit le dire au cours de son long sanglot.

N'est-il pas curieux que toutes les femmes,
aussi bien les Juliettes que les Pétronies ou les

Euphrasies, aient la manie de la comparaison. Ainsi tenez, dans la rue, les voyez-vous se retourner pour dévisager insolemment — oui, madame, insolemment ! la promeneuse qui passe ; et dès qu'elles rencontrent le moindre bout de miroir, aux devantures des cordonniers et des marchands de bidets, les voyez-vous lancer un coup d'œil furtif et porter aussitôt la main à leur voilette ou à leur chignon ! Est-ce de la comparaison, oui ou non ? La femme qu'elles viennent de rencontrer a une boucle comme ça, naturellement, il faut qu'elles aient aussi une boucle, mais comme ceci. Vous me direz : c'est de l'esprit d'imitation. Dites tout de suite que les femmes sont des guenons, pendant que vous y êtes ! Non, elles comparent, elles mesurent la beauté de l'autre au mètre cube de la leur, et naturellement, pour se convaincre que l'autre en aucun cas ne pourrait soutenir la comparaison. Maintenant, vous savez, moi, je m'en f... !

Cette digression ? Dites donc, tâchez d'être un peu poli, hein ! Eh bien, cette digression, à seule fin de prouver que Juliette a dû dire qu'elle était jolie en maints endroits de son manuscrit.

Et vous verrez que j'ai raison.

Je dis : vous verrez ; parce que j'ai une idée. Oh, cela m'arrive souvent, vous savez ! Oui, j'ai une idée ; je vous raconterai l'histoire de Juliette. quand je l'aurais lue. Hein ! Ça va. Vous aurez ça tout chaud, à 3 fr. 5o, avec une jolie couverture et un titre épatant :

Histoire véridique et douloureuse de Mam-selle Juliette ! Vous voyez d'ici les devantures des librairies. On ne pourra plus passer dans les rues... Chez Flammarion, chez Rey, on établira des barrages avec un tourniquet. Hein, un succès. Je vois ça d'ici.

Oh ! une idée ! Et mais parfaitement, encore : vous me croyez donc vidé ? Minute, mon bonhomme.

Si je vous copiais tout bètement le manuscrit de Juliette, en enlevant les sanglots trop douloureux ? Plus simple encore : je vais l'expurger soigneusement des sanglots et je l'envoie à l'imprimerie. Comme ça, pas la peine de le recopier. pas vrai !

Quoi, qu'est-ce que vous dites ? C'est dégoûtant ? Et puis après ! Est-ce que ça vous regarde. dites donc. gros bouffi ? Est-ce vous qui toucherez les droits d'auteur ? Non. Eh bien alors, la ferme !!!

CHAPITRE V

OU MOSSIEU LA VRILLE PLONGÉ DANS LA
LECTURE DU JOURNAL DE JULIETTE, NE
REPARAITRA QU'A LA FIN DE L'OUVRAGE.
— EN ATTENDANT, PRIEZ POUR LUI !

Voyez-vous ça ! Ce bouffi qui veut me faire
la morale ! Eh va donc !

Il faut cependant que je l'avoue, j'éprouve
quelques scrupules. Cela vous étonne ? Moi
aussi. Eh oui, je crains, j'ai peur, je n'ose... Il
y a trop de fautes d'orthographe dans le manuscrit de Juliette, et si je l'envoie comme
cela aux typos, on pourrait m'accuser de ne
pas connaître mon français : cela pourrait
me faire du tort auprès du Secrétariat de la
rue de Grenelle où, depuis si longtemps, je

sur mes dix-huit ans. Tu le sais, je suis seule,
toute seule, je n'ai que toi, mon petit journal, mon ami. Mes parents, la mort les a fau-
chés ! L'as-tu connue, ma bonne mère au sourire si tendre, aux baisers si doux ? Elle s'en
est allée, comme les feuilles d'automne tom-
baient, jaunes, sur la terre grisâtre. Elle s'en
est allée sans un murmure, les yeux levés au
ciel et sa main amaigrie caressant mes cheveux.

Il y a longtemps, longtemps ! Des hommes
noirs l'ont emportée: une fosse s'est ouverte
sous le grand if du cimetière, une croix
blanche s'est dressée, froide et dure au milieu
des fleurs, et c'est là que j'allais prier quand
les pleurs gonflaient trop mes yeux. Je m'éten-
dais alors sur le tertre parfumé de violettes,
et je m'abandonnais toute, sous le tremble-
ment léger des feuilles, sous la caresse chaude
du soleil, cependant que les oiseaux voletaient
tout auprès, avec de petits cris compatissants.
Et il me semblait alors que ma mère m'appe-
lait et que sa main chérie s'avançait pour
caresser mes boucles blondes, de son geste
habituel.

Le presbytère était mort avec ma mère. Oui,

tu le sais, les enfants pauvres ne venaient
plus apprendre des cantiques ; le jardin
n'avait plus de fleurs, les abeilles n'avaient
plus de miel : tout était mort, avec ma
mère !

L'as-tu connu, mon père, le pasteur ? Il
était sans cesse sur les routes et dans les che-
mins ; il y avait tant de pauvres à secourir,
tant de malades à soulager, tant d'infortunes
à rendre plus légères. Et sa taille élevée se
courbait à chaque hiver davantage. Une neige
avait glacé ses cheveux jadis noirs. Sa voix
toujours douce et tendre s'était affaiblie et il
toussait pour s'être trop mouillé, sur les che-
mins, par les routes.

Il s'en est allé, lui, comme les cerisiers
revêtaient leur toilette de fiançailles. Un jour
que le printemps chantait plus fort sa chanson radieuse, devant la porte, un jour que le
soleil était plus brillant, un jour enfin que les
hommes semblaient meilleurs, son âme s'en
est allée, sur l'aile de la brise de mai. Et des
hommes noirs l'ont emporté ; une fosse s'est
ouverte sous le grand if du cimetière, une
croix blanche s'est dressée, froide et dure au
milieu des fleurs, et côte à côte, mon père et

ma mère se sont retrouvés, dans le lit nuptial
de l'éternité.

L'année a passé comme un rêve. J'ai pleuré.
Ah ! tu le sais, combien j'ai pleuré ! Alors
que le ciel était bleu et pur, il me semblait à
moi gris et chargé de nuages. Alors que les
oiseaux gazouillaient leurs plus joyeux re-
frains, il me semblait à moi qu'ils pleuraient
d'amères larmes et que leurs cris s'élevaient
vers le ciel comme une prière. Pour moi, les
fleurs n'eurent plus de parfum, le miel n'eut
plus de saveur.

Tout était mort, avec mon père !

Petit journal, écoute... une grande nouvelle ! Je quitte le presbytère. Conçois-tu
cela ? Eh oui, c'est décidé ; oh ! depuis hier
seulement. Que veux-tu, il le faut. Et nous
allons loin, loin ; tous les deux, si loin que je
frissonne, par delà le monde civilisé, en Russie !

Mais avant de songer au départ, viens avec
moi, petit journal, faisons encore une fois,
une dernière fois, le tour de la maison, du
jardin, des bosquets : allons partout où j'eus
coutume de rêver et de rire. Mon domaine est

si vaste, malgré sa petitesse, si vaste que jamais nous ne pourrons tout voir. Ah! nous oublierons bien des choses, mais tu te souviendras, dis !

Viens, la pièce d'eau m'attire. Je veux encore vous voir, petits poissons rouges qui jouez sous les roseaux : je veux vous admirer, nénuphars immobiles! Vois, les nuages se reflètent dans l'eau calme, ils courent et c'est si profond, que si l'on tombait, il semblerait qu'on va s'abîmer au fond du ciel, là dans l'eau.

Pauvre jardin, adieu. Adieu, abeilles, adieu, roses, adieu, tulipes, adieu ! adieu !

Oui, adieu, tout ce que j'aime, tout ce qui remplissait ma vie. Vous, champs, doucement inclinés vers la rivière, adieu ! Toi, forêt frémissante et hospitalière aux frondaisons robustes, adieu ! Vous, prairie où la luzerne cache le nid de l'alouette, adieu !

Adieu, enfin, horizon vaste et connu, coteaux lointains, rivière folle, bruyères, rochers, arbres, adieu. Vous reverrai-je jamais ?

Et pourtant, de vous quitter, je n'ai point l'âme triste. Au contraire, il me semble que je ne pars que pour un temps très court, pour

2.

un voyage banal et que, bientôt, je vous retrouverai, tous, tous, le jardin, les fleurs, les
abeilles, la maison, père, mère, tout ce que
j'aime.

D'ailleurs, ce n'est peut-être qu'un mauvais
rêve, ce voyage. Est-il même question de partir ? Qui a dit qu'il fallait partir ?

Pauvre presbytère, hélas ! Demain, demain,
à l'aube, une voiture m'emportera. Et je ne
te verrai plus...

Ah ! tiens, adieu, adieu, adieu !

CHAPITRE VII

OU JULIETTE FAIT CONNAISSANCE AVEC LA RUSSIE. — UN GRAND-DUC EN FAMILLE. — HEURS ET MALHEURS D'UNE GOUVERNANTE.

Mai 190..

Mille lieues me séparent du presbytère : mille lieues ; effroyable distance ! Quand je pense à ce voyage de cinq jours, en chemin de fer, j'ai des frissons.

Un mois cependant s'est écoulé depuis mon arrivée à Pétersbourg, et déjà j'ai l'effroi de rester. Tant de visages étrangers m'entourent, tant de rivalités sournoises s'agitent autour de moi que j'éprouve une sorte de vertige.

Et cependant, la grande-duchesse est

bonne et gentille avec moi ! Pauvre femme,
pauvre petite duchesse ! Toujours souffrante,
presque continuellement étendue sur une
chaise-longue, elle passe de longues heures à
broder une interminable tapisserie rouge et
noire. Je garde ses deux enfants, deux garçons un peu turbulents, un peu rosses même,
et pourtant affectueux. Quant au grand-duc,
mon Dieu, quel homme ! Quelle brute, plutôt !

Un géant, le grand-duc Alexandre Ivano-
vitch, mais un géant terrible ! Énorme, immense, large comme une futaille et haut telle
une tour, avec des mains en battoirs aux gros
doigts rouges couverts de poils et des pieds
monstrueux. Roux, barbu, piqué de la vérole,
le nez écrasé, les lippes charnues et tombantes,
de gros yeux bleus durs et cruels sous une
broussaille jaune...Avec cela, une voix creuse,
brutale qui jette les ordres ainsi que des coups
de fouet.

Tout tremble, dans le palais, lorsque le
maître est là. La duchesse se fait plus petite
sur sa chaise-longue, elle se pelotonne, elle se
diminue ainsi qu'un pauvre oiseau effarou-
ché ; les garçons, Serge et Alexis s'enfuient

dans la chambre d'étude et plongent le nez
dans leurs livres ; les domestiques se terrent
au fond des offices et seule, la voix terrible du
grand-duc résonne dans les salles immenses
du palais, tels les rugissements d'un lion en
fureur.

Le palais du grand-duc Alexandre est bâti
tout proche des quais de la Néva, entre la
perspective Newsky et les Jardins ; en face, de
l'autre côté du fleuve, le Palais d'Hiver et les
magnifiques hôtels de l'aristocratie péters-
bourgeoise.

C'est une immense maison aux murs épais,
lourdement décorée de piliers, de cariatides
et de colonnes, et où l'on pourrait loger facilement tout un régiment de cosaques. A propos de cosaques, un poste de ces terribles
soldats se tient en permanence au rez-de-
chaussée du château, depuis que le grand-duc
a failli recevoir une bombe sur la tête. Je
crois qu'il ne l'a pas volée, cette bombe-là ; à
l'office, on m'a raconté de terrifiantes histoires de meurtre et de viol où le grand-duc
doit avoir joué un rôle prépondérant. Et cela
ne m'étonnerait pas. Il a une tête à ça, cet
homme.

Le jour de mon arrivée à Pétersbourg, il
faisait un temps splendide. J'avais quitté le
presbytère par une pluie battante; on aurait
dit que la nature pleurait toutes ses larmes,
puisque je l'abandonnais et j'avais le cœur
bien gros en contemplant encore une fois
mon petit domaine tout noyé de vapeurs.
Pendant quatre jours, le ciel inonda la terre.
Le train courait sur les rails luisants, au travers de campagnes tristement détrempées.
Munich pataugeait dans une boue épaisse ;
Vienne secouait sur ses habitants une brume
pénétrante et Varsovie était grise, telle une
vieille sorcière laide et méchante : mais, au
cours de la cinquième nuit, le temps changea
et un joyeux rayon m'éveilla, à travers la
portière du wagon. Le ciel était pur, d'un
azur pâle et velouté propre aux ciels du Nord.
L'herbe des prairies ondulait doucement sous
une brise légère, tachée des mille points multicolores des fleurs. Et dans le lointain, se profilait en sombre l'horizon bas des forêts de
sapin ; des fumées bleues montaient dans
l'air et les isbas s'éveillaient : sur tout cela
planait la fraîcheur dorée du soleil levant. Et
c'était si joli.

Aussitôt arrivée, la grande-duchesse me fit appeler chez elle. Elle me parla en très bon français, avec des inflexions douces et je sentis que j'aurai de la sympathie, oui, de la pitié même pour elle. Puis elle me présenta mes deux élèves, Serge et Alexis, dix et sept ans.

Je ne vis le grand-duc que le soir. Admise à la table de la famille en raison de mes fonctions, je pris place entre mes élèves, en face de la duchesse. Huit heures venaient de sonner. Tout à coup, un grand bruit de bottes à éperons, des pas lourds, des éclats de voix. Serge et Alexis ne soufflent mot, le nez sur leur assiette ; la porte s'ouvre avec violence et le grand-duc apparaît. Dieu, que j'ai eu peur ! Tout de suite, je me suis souvenue du Petit Poucet et de l'Ogre, du méchant ogre qui tua ses petites filles.

La duchesse lui adressa un bonjour timide et les deux pauvres gosses lancèrent en même temps, comme une leçon bien apprise, un imperceptible :

— Sdrastvouitié Papacha !

Sans daigner répondre, le grand-duc s'installa sur sa chaise avec les grâces d'un ours qui a trop dormi et il déplia sa serviette.

Moi, je m'étais levée respectueusement, et j'attendais qu'il me fît signe de m'asseoir. Alors la duchesse sembla faire un effort, et, timidement :

— Mon ami, je vous présente Mlle Juliette Audéoud, la nouvelle gouvernante.

Il me regarda avec des yeux atones.

— Ah ! bien, bien, bonjour.

Les valets glissaient derrière nous sans bruit, comme des ombres. La duchesse touchait à peine aux plats ; quant aux garçons, ils paraissaient gênés par la présence de leur père. Lui, le vilain ogre, il dévorait gloutonnement. La table pliait sous l'abondance des mets.

Les plats de zakouskis se succédaient, interminables ; puis les viandes, dix sortes de viandes, d'énormes gigots, des rôtis fantastiques, des oies, des dindes, du gibier. Il mangeait de tout comme s'il fût resté quinze jours sans nourriture ; à chaque instant, il engloutissait un vaste verre de bière et il faisait claquer sa langue d'un air satisfait.

La sauce lui dégoulinait sur la barbe ; il plongeait ses gros doigts velus dans son as-

siette, faisait craquer les os sous ses dents de
fauve et remuait les yeux à droite et à gauche
comme s'il eût craint qu'on veuille lui enlever
les plats.

Moi, écœurée, je ne pouvais avaler quoi que
ce soit et je regardais à la dérobée la duchesse
qui chipotait un morceau de gigot sur son
assiette. La pauvre femme, je crois bien
qu'elle se disait tout comme moi : Dieu, quel
cochon !

Quand il fut un peu rassasié, le grand-duc
daigna me regarder. Les valets changeaient le
service et leurs mains agiles débarrassaient
la table. Un silence pénible emplissait la pièce
où régnait l'odeur de la nourriture et des alcools. Le grand-duc parlait français avec un
rude accent slave. Sa voix dure me fit tressail-
lir.

— D'où êtes-vous, me demanda-t-il brusquement.

— De Ferney, Monseigneur.

— Ah ! de Ferney... et que fait votre père ?

— Mon père est mort, Monseigneur.

— Et votre mère?

— Elle est morte aussi, Monseigneur.

— Ah !

Un silence lourd régna. Le grand-duc
faisait des boulettes de mie de pain qu'il lançait d'un geste nerveux aux valets impassibles.
La duchesse me regardait d'un air triste et je
crus voir des larmes dans ses yeux. Moi, je
sentais mon cœur se serrer et je faisais des
efforts pour me contenir.

Soudain, le grand-duc donna un coup de
poing sur la table et il me lança, d'une voix de
tonnerre :

— Avez-vous eu des amants ?

La maison se serait écroulée que je n'aurais pas été aussi bouleversée. Des amants ?
Moi ? Oh ! l'ignoble personnage !

Je ne répondis pas, mais le rouge de la
honte empourpra mon visage.

La duchesse s'interposa.

— Mon ami, de grâce...

—Taisez-vous, ordonna-t-il, brutal. Je veux
qu'elle réponde.

Et se tournant vers moi, tout d'une pièce,
les mains agitées de tremblements.

—Oui ou non, avez-vous eu des amants ?

Cet homme était ivre, ou bien il voulait se
jouer de moi.

Très digne, je me levai de table sans ré-

pondre et prenant les deux garçons qui tremblaient de peur, je sortis de la chambre. Un
valet referma aussitôt la porte derrière moi
et j'entendis alors un grand bruit de vais-
selle brisée, des jurons effroyables et les cris
de douleurs des larbins que le grand-duc bour-
rait de coups de pied. Je remis les jeunes princes aux mains de leurs valets et je me réfu-
giai dans ma chambre où je m'effondrai sur
le lit, sanglotante. Mon parti était pris. Je
ne pouvais rester une minute de plus dans
cette maison : je m'en irai, n'importe où, à la
rue, dans la nuit...

Ma malle était encore ouverte. Vite, je la
remplis des objets à peine déballés, et mettant
mon chapeau, je m'apprêtai à descendre.
Mais au même instant, un valet en livrée
frappa à ma porte et me dit, d'un ton céré-
monieux :

—Son Altesse Mme la grande-duchesse prie
mademoiselle de se rendre dans ses appartements.

Je suivis le valet, sans prendre la peine d'enlever mon chapeau.

La pauvre petite duchesse était couchée
sur son éternelle chaise-longue, au fond de

son boudoir. Dès que je l'aperçus, je ne pus retenir mes larmes et je m'arrêtai au seuil de la chambre. Mais la duchesse me fit un signe amical de la main.

— Approchez, ma pauvre enfant, venez près de moi.

Je m'assis sur un pouf, tout contre elle. Ses mains amaigries m'attirèrent et je m'abandonnai, la poitrine soulevée de sanglots, à cette étreinte maternelle.

— Pauvre enfant, pauvre petite fille. Pardonnez-moi.

Lui pardonner ! Ah ! la sainte femme, est-ce que c'était sa faute ?

— Vous voulez partir, Juliette ? Pourquoi voulez-vous partir ?

— Hélas, madame, puis-je rester ?

— Oui, oui, vous devez, vous pouvez rester. Qu'importe la brutalité, la grossièreté du grand-duc. Ce n'est pas pour lui que vous êtes ici, mais pour moi, pour mes enfants. Je veux vous garder, Juliette, je veux que vous restiez.

— Madame la duchesse, dans mon pays, un homme n'aurait pas insulté impunément une femme comme Son Altesse le grand-duc m'a insultée. Je suis une honnête fille, madame, la fille d'un pasteur, et c'est la première fois qu'on me manque de respect.

Mes sanglots redoublèrent. Alors la duchesse se fit plus tendre, plus maternelle.

— Je vous prends sous ma protection, mon enfant; personne, entendez-vous, personne ne vous insultera plus, sous mon toit.

Pauvre petite duchesse, comme elle était bonne !

Depuis cette scène, en effet, le grand-duc s'est abstenu de me parler. Bien plus, il a semblé m'ignorer complètement. J'aime mieux ça.

Moi, d'ailleurs, je ne fais plus attention à lui. Sa gloutonnerie, sa répugnante saleté même ne m'affectent plus. On s'habitue à tout.

De temps en temps, lorsque son wodka l'excite trop, il bat les valets de service et il casse des assiettes ; les valets hurlent et se sauvent ; les assiettes et les éclats de verre jonchent le tapis. Alors, soulagé, l'ogre avale un dernier verre de kummel et s'en va en faisant sonner ses éperons. Habituée à ces brutalités, la duchesse demeure impassible ; seuls les enfants ont peur et ils se serrent contre moi.

Très souvent. la nuit, on rapporte le grand-duc ivre-mort à la maison. Il fait la fête avec des cocottes, dans les restaurants chics, et l'aube blanchit d'ordinaire les vitres lorsqu'on le ramène. C'est alors un vacarme infernal dans les grands escaliers sonores. Le grand-duc crie, jure et tempête ; les hommes qui le soutiennent, des cosaques le plus souvent, crient plus fort que lui ; les valets s'effarent, claquent les portes, renversent des potiches, et cela dure jusqu'à ce que l'ogre, vautré dans son lit. se mette à ronfler en cuvant sa cuite ; le lendemain, il a l'air abruti, assommé : et le soir, la fête recommence pour se terminer de la même façon.

A deux reprises, paraît-il, le grand-duc a eu des attaques de delirium tremens et la dernière fois, il a même détérioré un de ses cosaques. Ah ! je comprends que ses fils tremblent de peur lorsqu'il est là: pauvres gosses, pauvres petits princes, quel exemple, quelle éducation !

Ils sont cependant bien gentils. Serge, l'aîné, adore l'étude ; il est déjà très savant et parle le français avec une grande facilité. Ses professeurs d'histoire et de mathématiques sont stupéfaits de son intelligence. C'est un petit garçon chétif et maigre, qui ne fait pas de bruit, qui ne rit jamais, qui parle à voix basse et qui pleure quelquefois, sans cause apparente ; c'est un neurasthénique, une pauvre petite souris neurasthénique qui reste dans son coin, bien sage et silencieuse. Alexis est plus bruyant et moins docile ; mais il adore sa mère et pour elle, le cher petit, il irait dans le feu.

Quand Mamacha a parlé, Alexis obéit et personne, non pas même le tzar, pas même le bon Dieu, ne pourrait l'empêcher d'obéir. Ah oui, Alexis aime bien sa petite Mamacha !

S'il n'y avait pas l'ogre, comme on serait heureux dans le grand palais sonore ! Mais voilà, il y a l'ogre, le méchant ogre qui boit du wodka et qui bat les valets.

L'autre soir, j'ai raconté l'histoire du Petit Poucet à Alexis qui ne pouvait s'endormir. Alors, le cher petit m'a demandé, lorsque j'eus fini :

— Dis, Yette, pourquoi que le bon Dieu il a fait des ogres, dis ?

J'ai ri et j'ai pensé au grand-duc.

C'est drôle ; depuis quelques jours, le grand-duc a changé d'attitude envers moi. A table, ses yeux suivent tous mes gestes ; son insistance me gêne ; j'éprouve une sorte de dépit à être ainsi détaillée par ces gros yeux faïence qui roulent dans ce visage grotesque. Parfois, quand je lève les yeux, je vois ceux du grand-duc qui semblent plonger jusqu'au fond de mon âme et chaque fois, je tressaille et je rougis. Je ne puis m'empêcher d'être troublée par ce regard inquisiteur qui me déshabille et j'ai honte, oui, j'ai honte comme s'il se commettait devant moi quelque chose de malpropre.

Pourquoi me poursuit-il ainsi ? A présent, je le rencontre à tout instant dans les escaliers ; il pénètre sans raison dans la chambre d'études ; il reste de longs moments, immobile, planté dans l'antichambre de la duchesse, comme s'il surveillait mon passage.

Et lorsque je parais, seule ou avec les enfants, je sens comme une brûlure, ses yeux qui me transpercent ; je marche plus vite, je m'incline gauchement et je rougis, comme une fille coupable.

Oh ! il m'agace, il m'horripile, il me crispe !

Qu'est-ce qu'il veut de moi, ce magot repous-
sant ? Certes, pour une Altesse, il est bien répu-
gnant ! Si tous les grands-ducs lui ressemblent
elle est propre la haute aristocratie russe !

Depuis quelques jours surtout, je me sens
surveillée avec une ténacité exaspérante ; pas
un de mes gestes ne lui échappe. Du matin au
soir, je l'ai sur mon dos et son regard me
donne sur les nerfs ; j'ai envie de mordre, de
griffer, de lancer des coups de pieds.

Même la nuit, je me sens espionnée et j'entends des pas qui vont et viennent devant la
porte de ma chambre, étouffés par l'épaisseur
du tapis. Je tourne à fond la clef dans la ser-
rure de ma porte ; je pousse les verrous en
haut et en bas, j'empile des chaises et des
fauteuils, pour faire une barricade... Et avec
cela, je ne dors plus ; je reste, haletante, à
écouter les pas, les trois quarts de la nuit. J'ai
pâli, je me sens affaiblie. La duchesse même
s'est aperçue de mon état d'énervement, de
ma pâleur, elle m'interroge.

Que répondre, mon Dieu ! Faut-il lui dire
la cause de mon malaise ? Je n'ose. Pauvre
femme, elle souffre assez ; à quoi bon lui faire
de la peine encore !

Et pourtant, cette situation ne peut durer ; il faut que cela finisse, il faut que je sache ce qu'il me veut, ce sale grand-duc.

La femme de chambre favorite de la duchesse est une grande Alsacienne, pas jolie, mais agréable et de bon caractère. Elle se nomme Lina. Depuis plusieurs jours, nous sommes amies et vraiment, je regrette de ne l'avoir pas appréciée plus tôt.

Mais voilà ! Je suis un peu timide et je n'ose faire des avances. C'est pour cela qu'on croit que je suis fière. Et cependant, je suis si heureuse de rencontrer un cœur ami.

Nous avons lié connaissance d'une drôle de façon. Dès mon arrivée, je voyais assez souvent Lina chez la duchesse, mais jamais je ne lui avais parlé. Elle-même semblait ne faire aucune attention à moi et ne m'adressait pas la parole. Cependant, j'éprouvais pour elle une vive sympathie ; elle paraissait si dévouée à la duchesse, elle se mettait en quatre pour lui éviter tout effort superflu ; elle était auprès d'elle mieux qu'une domestique, mieux qu'une garde-malade, presque une amie. Et je voyais bien que ma maîtresse aimait Lina et n'aurait pu se passer d'elle. C'est pourquoi j'avais pour Lina presque de l'admiration et je désirais vivement son amitié.

Lorsqu'elle s'aperçut du manège du grand-duc et de son obstination à me poursuivre, Lina se mit à me considérer en silence, avec une sorte de pitié et de commisération. Quand je la rencontrais, nous échangions un regard. Mes yeux disaient: Tu vois ce qui se passe: protège-moi ! et ses yeux répondaient: Pauvre petite, prends garde !

Quand les valets eurent observé l'insistance du grand-duc à mon égard, ils se mirent à ricaner derrière mon dos. Je les voyais se pousser du coude en me regardant et dans les corridors, ils me lançaient d'insolents coups d'œil, en passant. Cela m'exaspérait plus encore que la surveillance obstinée du maître et j'avais des envies de souffleter leur mufle de vilains singes.

Un jour que je traversais le long corridor qui sépare la chambre d'études des appartements de la duchesse, je faillis tomber sur deux valets de table ; ils s'effacèrent aussitôt et me firent une grande révérence en ricanant :

— Madame la grande-duchesse !

Je demeurai saisie. En ce moment, Lina apparut ; elle avait vu la scène et entendu l'apostrophe outrageante des valets. D'un geste autoritaire, elle leur montra le chemin de l'office et les deux compères se retirèrent, la mine déconfite. Alors me prenant les mains, Lina m'attira contre elle et m'embrassa.

Je m'abandonnai, toute en larmes, à son étreinte. Ah ! comme cela me faisait du bien, comme cela me soulageait, de pleurer sur l'épaule d'une amie, d'une vraie amie.

— Vous avez bien du chagrin, pauvre enfant, dit Lina au bout d'un instant ; venez me conter cela ; elle m'entraîna dans un petit salon et me fit asseoir près d'elle, sur un divan.

Ah ! je me suis soulagée. J'ai tout dit, tout ; mon affection pour la duchesse et pour les enfants, ma répulsion pour le grand-duc ; je racontai la scène de mon arrivée et la grossièreté du maître, la tendresse de la duchesse et depuis, l'obsession continuelle du grand-duc, cette poursuite silencieuse, inlassable, ces grands yeux atones continuellement fixés sur moi, ces rencontres étudiées, et la nuit, cette promenade impitoyable devant ma porte.

Je suppliai Lina de me protéger, de me soustraire à un danger inconnu, mais que je pres-
sentais ; je lui racontai ma vie, toute ma petite
vie de fille de pasteur, élevée au presbytère,
dans la paix tendre et calme des champs ; je
lui dis combien j'ignorais la vie, combien
j'étais faible et désarmée devant ces mille dangers que je soupçonnais à peine, combien
j'étais neuve encore, naïve, bête même !

Lina me promit de veiller sur moi et de
combattre le grand-duc. Oh ! elle n'avait pas
du tout peur du grand-duc, dont la grosse
voix, les grosses mains et les grands pieds
pliaient devant le regard sévère d'une simple
femme de chambre. Et pourquoi ? Parce que la
duchesse aimait Lina et ne voulait se séparer
d'elle à aucun prix.

Et Lina me raconta que le grand-duc
Alexandre, cousin de l'Empereur, avait failli
tuer sa femme, la pauvre petite duchesse, en
la frappant à coups de pied, dans un moment
de furie alcoolique.

Et Sa Majesté le cousin ayant connu toute
l'affaire par son chambellan auquel Lina elle-
même était allée raconter ce qu'elle avait vu,
signifia au grand-duc honteux et repentant

qu'il l'exilerait à tout jamais de la Russie si sa
conduite donnait lieu, à l'avenir, à la moindre
critique.

Et le grand-duc qui avait des ennemis
influents à la Cour se le tint pour dit : il savait
que son cousin, poussé par ses adversaires,
n'hésiterait pas à mettre sa menace à exécu-
tion : et c'est pour cela qu'il baisse le nez devant Lina qui joue dans la maison le rôle de
bon génie.

Onze heures ! Je meurs de fatigue. Dans la
voiture qui nous a ramenés, Serge et Alexis
se sont endormis sur mes genoux. Ils sont
éreintés, les pauvres gosses, fatigués surtout
par la vue des belles choses qu'ils ont contem-
plées et par l'émotion de cette visite à l'empereur.

En effet, c'est la première fois qu'ils assis-
tent à une grande réception au Palais d'Hiver.

C'était hier grande cérémonie ; on accla-
mait le doyen du corps diplomatique qui fêtait
son jubilé, et la cour était revenue tout exprès
de Livadia pour honorer lord P..., ambassa-
deur d'Angleterre. Le soir, une grande réception et un bal devaient réunir toutes les

illustrations de la capitale et de la colonie
étrangère.

Le grand-duc, naturellement, devait assister, en uniforme d'aide de camp, à la réception des ambassadeurs étrangers, aux côtés
de Sa Majesté. La duchesse, un peu souffrante,
resterait à la maison cependant que les deux
garçons rendraient visite à la tzarine qui avait
manifesté le désir de les embrasser.

Quelle journée, Dieu bon ! Le grand-duc
hurlait par la maison à cause d'une paire de
bottes neuves que le bottier n'apportait pas ;
il bousculait les domestiques et leur lançait
de grands coups de pied au bas du dos. Les
valets affolés se précipitaient pour exécuter
ses ordres et c'était une galopade éperdue le
long des corridors qu'emplissaient les éclats
de voix rauques de l'Ogre.

Moi, réfugiée avec les enfants dans la lin-
gerie, je leur essayais un amour de petit costume en velours noir brodé de dentelle ; ainsi
vêtus, Serge et Alexis ressemblaient à s'y mé-
prendre aux « Enfants d'Édouard » qu'un
peintre célèbre et qu'un grand poète ont im-
mortalisés. J'étais ravie et les enfants sautaient
de plaisir à l'idée de rendre visite, tels des per-

sonnages considérables, à leur illustre cou-
sine.

Quand ils furent habillés, je les conduisis
vers leur mère qui les serra sur son cœur
avec amour. Le dîner fut rapidement expédié.

Majestueux dans son superbe uniforme
d'aide de camp, tout chamarré d'or et cons-
tellé de décorations, le grand-duc s'étudiait à
conserver une attitude imposante ; ce soir-là,
il s'abstint de cribler les valets de boulettes de
mie de pain et il ne but que deux verres de
wodka. Les enfants, trop énervés, ne man-
geaient pas ; la duchesse, toujours un peu
absente, demeurait silencieuse.

Dès que le dîner fut terminé, je conduisis
les enfants au petit salon bleu où ils devaient
m'attendre, et je procédai rapidement à ma
toilette. J'avais une jolie robe en soie noire
qui moulait merveilleusement ma taille ; légèrement décolletée, je pouvais dignement figu-
rer, moi, simple gouvernante, dans ce bal
splendide où toute l'aristocratie allait défiler.
Une étoile en diamants, vieux bijou familial
que ma mère m'avait donné, rehaussa de ses
feux mon teint rosé par l'émotion.

La victoria nous attendait à la porte ; les enfants se précipitèrent sur les coussins, froissant sans pitié ma pauvre robe de soie : puis le valet de pied referma la portière ; le cocher enleva ses deux cobs d'un coup de fouet, et la voiture fila à toute vitesse, escortée par deux cosaques à cheval, vers le Palais impérial.

Les abords du Palais étaient garnis de troupes à cheval qui assuraient le service d'ordre, la lance ou le sabre au poing. Des officiers passaient sans cesse sur le front des troupes, puis revenaient vers l'entrée monumentale, en saluant de leur épée.

Un détachement des cosaques de la Garde Impériale formait une longue avenue depuis le milieu de la place jusqu'au Palais ; les voitures entraient à la file dans cette avenue vivante, décrivaient un cercle devant le perron puis repartaient grossir la file qui s'étendait le long d'une des ailes du bâtiment.

Tous les lustres allumés dans les immenses salons projetaient une vive lueur sur la vaste esplanade où scintillaient les lames des sabres, les pointes des lances et des baïonnettes.

La voiture stoppa devant la vaste entrée

que gardaient deux cuirassiers géants immobiles comme deux cariatides de pierre. Un officier se précipita pour ouvrir la portière ; il s'inclina avec respect devant les petits princes et les enleva pour les déposer à terre ; puis, me tendant galamment la main, il m'aida à sauter hors de la victoria qui s'ébranla aussitôt.

Moi, un peu surprise, je balbutiai en français, oubliant le milieu :

— Merci, monsieur !

Mais l'officier me répondit du tac au tac, et sans le moindre accent :

— Tout à votre service, mademoiselle.

Un laquais en habit à la française et en culottes blanches nous conduisit jusqu'au sommet du grand escalier où un officier de service vint prendre nos ordres.

Très digne, Serge répondit d'un geste froid au salut profond de l'officier et l'interpella aussitôt.

— Conduisez-nous au buffet, général.

L'officier se contint pour ne pas éclater de rire.

— Votre Altesse ne veut-elle pas entrer tout d'abord au salon ?

— Si, si, général, après, tout à l'heure.

Prenant la main d'Alexis qui trottinait en
grande hâte, le général se fraya un passage au
travers de la foule des invités, jusqu'à une
vaste salle où une armée de laquais apprêtaient les meilleures choses du monde. Moi,
je suivais mes élèves en souriant à l'officier
qui avait mille peine à garder son sérieux.

D'immenses tables pliaient sous l'avalanche
des plats qui s'étageaient en un désorde pitto-
resque. Les zakouskis nationales occupaient
la place d'honneur ; une infinie variété de
poissons frais et fumés attendaient le moment
de disparaître dans les bouches avides des
danseurs ; d'énormes quartiers de viandes
rôties montraient des flancs dorés où s'accro
chaient des verdures ; une armée d'oies, de
dindes, de poulets et de faisans dressaient des
crêtes folles dans un épanouissement de leur
plumage ; des têtes de veau, des hures gardaient à la gueule l'or dur des oranges ou la
boule noire des truffes.

Et les pâtisseries débordaient de partout ;
un flot de crèmes s'épandait, sur une nappe de
petites choses précieuses et colorées : les fours,
les éclairs, les choux, les fruits confits, les

compotes, les confitures, les poires, les
pommes, les raisins, les bananes, les ananas,
se mêlaient, se confondaient en un débordement gigantesque, cependant qu'ailleurs
la forêt des bouteilles de vins rares, de
liqueurs superfines, de champagne et de
wodka nationale, emplissait l'air de reflets
multicolores, où prédominait l'or merveilleux
des sect et des extra-dry carte blanche et carte
bleue, l'opale tendre des eaux-de-vie allemandes, le rubis des médocs des pomards,
l'or pâle des chartreuses, le vert profond
des bénédictines enfermées dans leurs flacons scellés, et la limpidité de source des
wodkas et des kümmels.

Une odeur forte emplissait l'air, faite de
tous les parfums qui s'élevaient de cette énorme
quantité de mangeaille. Et les laquais s'agi-
taient fiévreusement, sous l'œil furibond d'un
majordome sévère, en habit, qui ressemblait à
Félix Faure, moins la Légion d'honneur.

Serge et Alexis s'étaient précipités vers le
coin aux pâtisseries, en entraînant le général
qui riait de tout son cœur. Je comprenais
maintenant pourquoi les petits coquins
n'avaient rien mangé à dîner. Ils s'étaient ré-

servés pour le buffet et ils mouraient de
faim, les pauvres. Et naturellement, leur première visite était pour ce salon qui était à
leurs yeux bien plus intéressant que les
autres, malgré les belles dames, les beaux
messieurs, la Tsarine, l'Empereur et tout.

Assis entre les deux petits princes, le général se laissait bourrer de choux à la crême,
cependant que des laquais raides, au visage
de marbre, se succédaient en offrant des pla-
teaux chargés des meilleures gourmandises.

Galamment, le général m'offrit une coupe
de champagne frappé en me disant :

— À votre santé, mignonne !

Dame, il pouvait se permettre ça, avec ses
soixante ans.

Je dûs m'interposer. Si on les avait laissé
faire, les enfants se seraient rendus malades.

Je fis disparaître, avec une serviette, les tra-
ces du festin qui souillaient leurs mains
et leurs joues, puis, toujours précédés du
général, les enfants traversèrent la grande
salle pour se rendre auprès de la Tsarine.

Un immense salon éclairé par une quantité
de lustres étincelants, profilait sa lointaine
perspective au sommet du grand escalier :

des guirlandes de verdure et de fleurs ornaient les frises, et le plafond scintillait sous
l'éclat blanc des perles électriques jetées là à
profusion. Entre chaque fenêtre s'étalaient le
large éventail des feuilles qui couronnaient le
stipe grêle des palmiers de serre.

La porte monumentale aux deux battants
largement ouverts était gardée par deux cosaques géants, qui se tenaient roides et immobiles, leur longue lance à la main. Les laquais
en livrée de gala formaient la haie de chaque
côté de la rampe de l'escalier.

Près de la porte, à l'intérieur, se tenait un
groupe d'aides de camps qui guidaient les invités jusqu'au fond du salon où, sur un
trône recouvert d'un dais rouge à franges d'or,
était assis le Tsar, ayant à côté de lui la Tsarine et les deux princesses impériales ; quelques
grands-ducs en brillant uniforme, et parmi
eux le grand-duc Serge complétaient le groupe
impérial. Les invités s'avançaient jusqu'au
pied du trône et s'inclinaient profondément.
Parfois, le Tsar se levait et s'approchait des
invités avec lesquels il échangeait quelques
paroles cordiales ; puis, grave et majestueux,
il reprenait place sur son trône ; et le défilé

continuait ; les courbettes se succédaient ; la
salle s'emplissait de nouveaux visages. Un
brouhaha léger fait des mille conversations
futiles qui s'élevaient des groupes, du froiss-
sement des soies lourdes et du cliquetis des
éperons et des décorations, emplissait la vaste
salle.

Toutes des femmes étaient décolletées. Les
princesses, les duchesses, les comtesses et les
dames de la haute aristocratie pétersbour-
geoise arboraient presque toutes le spendide
costume national des boyarin, composé de
lourd brocart frangé d'or et pailleté d'argent,
avec le long voile blanc qui tombait du ko-
kochnik où s'allumaient les feux des diamants,
des rubis et des perles. Les étrangères étalaient les toilettes merveilleuses des grands
couturiers parisiens ; c'était, sur les seins nus,
dans les chevelures brunes et blondes, aux
poignets et aux doigts, un débordement, un
écroulement de bijoux, où les brillants prédo-
minaient ; un chatoiement attirait l'œil à
chaque mouvement de la foule ; les éventails
en plume blanche avaient un geste lent et doux
comme une caresse timide sur le satin des
épaules. Telles des fées souples et provo-

quantes, les Italiennes passaient avec des
ondulations des hanches, des balancements
légers de la croupe, la gorge soulevée et pal-
pitante. Les brunes Espagnoles, coiffées élé-
gamment de leur mantille, cambraient le torse,
fières et ardentes, une flamme de passion au
fond de leurs prunelles sombres ; les Anglaises
blondes, roses, grandes et minces semblaient
des sylphides descendues des fontaines d'Hip-
pocrène ; les Françaises, assez nombreuses,
triomphaient avec leur élégance splendide et
leur beauté ; les Viennoises, fauves et rousses,
telles des Junons : les Allemandes, opulentes
et blondes, aux chairs grasses, les Améri-
caines aux gestes virils, aux yeux hardis, les
Roumaines nonchalantes, les Orientales volup-
tueuses, tout ce peuple de femmes parfumées,
élégantes, richement ornées, s'ébattait en ca-
quetant, en potinant avec des minauderies
et des attitudes félines. Et les hommes en
uniformes ou en habit, la poitrine chargée de
plaques et de croix, glissaient entre les
groupes, s'arrêtaient un instant pour échan-
ger une poignée de main ou un sourire, puis
repartaient, tels des papillons volages dans un
parterre de fleurs.

Un orchestre caché derrière les larges palmes d'un bosquet, au fond d'un salon latéral, jouait des csardas au rythme endiablé, de langoureuses valses lentes, des kosatschok précipités, des fantaisies et des fragments d'opéras, et les mélodies s'égrenaient dans le vaste hall ainsi qu'une brise lontaine chargée de modulations tendres, au milieu du bruit de la foule indifférente.

Le général qui nous guidait fit signe à un aide de camp ; celui-ci s'approcha aussitôt, et s'inclina devant les petits princes ; puis faisant demi-tour, il fendit les groupes et nous conduisit au fond de la salle, près du trône. Les deux enfants saluèrent très bas, avec une gravité comique, le tsar qui leur souriait, et ils se jetèrent aux pieds de la tsarine en baisant ses mains, dans leur joie de la revoir. Je m'étais inclinée, timide et rougissante devant Sa Majesté qui m'adressa la parole avec bienveillance :

— Est-ce qu'ils sont gentils, mademoiselle, est-ce qu'ils aiment bien leur mamachtchka ?

— Oh oui, Majesté ; ils l'adorent.

— C'est bien, cela, Serge. Et toi, mon gros, dit-elle à Alexis, comment va mamacha ?

4

— Elle est couchée, comme toujours, tiotia Alexandra : elle a mal aux jambes, pauvre mamacha !

Et son museau rieur s'attrista subitement.

Serge et Alexis se serraient contre la tsarine qui leur parlait en russe ; je ne comprenais pas tout, mais souvent le mot mamacha revenait sur ses lèvres, et les enfants écoutaient, la mine grave.

Le défilé des invités avait cessé et les groupes se formaient, plus compacts. Le tsar avait quitté son trône pour se mêler à quelques vieux diplomates qui causaient à l'écart.

Dissimulée derrière le haut dossier du fauteuil de la tsarine, je contemplais la foule et soudain, je tressaillis. De l'autre côté du trône, le grand-duc Alexandre, rouge, congestionné, les lèvres tremblantes, me regardait d'un œil avide. Dans l'excitation de la fête, je l'avais oublié complètement, et il surgissait maintenant, tel un épouvantail. Il me sembla qu'il allait se jeter sur moi : toute son attitude dénotait une telle exaltation que j'eus peur, l'espace d'une seconde. Il avait dû boire pour être si rouge. Je fis quelques pas pour me soustraire à sa vue et je revins auprès de l'Im-

pératrice qui causait toujours avec Serge et
Alexis. Mais tout à coup, le grand-duc repa-
rut, et délibérément, il s'approcha de la tsarine qu'il salua. Les enfants, surpris, devin-
rent graves : il voulut les caresser, machinale-
ment, mais ils se reculèrent, effrayés, avec un
geste de répugnance qui n'échappa pas à la
tsarine. Au moment de se retirer, le grand-
duc sembla faire un effort, puis il m'appela
d'un signe.

— Mademoiselle, si vous désirez rester
pour le bal, les enfants rentreront avec l'or-
donnance et... et... vous rentrerez avec moi.

Je le regardai fixement, abasourdie. Ses
yeux clignotaient dans son visage congestionné
et un peu de bave coulait aux coins de sa
bouche, sur sa barbe.

— Je remercie Votre Altesse, mais c'est impossible, je dois rester avec les enfants.

— Cependant, mademoiselle...

— Que Votre Altesse me pardonne, c'est
impossible.

Et lui faisant une légère révérence, je le
laissai surpris et décontenancé.

Maintenant, les couples s'apprêtaient pour
le bal. L'orchestre venait de s'installer sur

une sorte de proscénium disposé sur l'un des
côtés de la salle, et les violons s'accordaient à
petit coup d'archet. Les cavaliers filaient
entre les groupes et s'arrêtaient auprès des
dames qui, leur carnet de bal à la main, se
promenaient lentes et souples.

Il était temps de partir. Serge avait bâillé
plusieurs fois déjà et je crois bien qu'Alexis
se serait endormi volontiers dans les bras de
la tsarine.

Un officier nous accompagna jusqu'à l'escalier ; au moment de franchir le seuil du salon, le grand-duc Alexandre me rejoignit et
me souffla dans l'oreille :

— Décidez-vous, mademoiselle, restez.

— Non, non.

— Je le veux, je l'exige, restez.

— Je ne veux pas.

— Pourquoi ?

— Parce que je ne veux pas.

Tout cela s'était dit rapidement, à voix
basse, à cause de la foule tout proche.

J'étais effrayée. Le grand-duc puait l'alcool ;
il était ivre. Pourquoi voulait-il que je reste ?
Pourquoi cette insistance ?

La victoria était avancée. A peine sur les

coussins, Serge s'endormit. Je pris Alexis dans mes bras; il dormait debout, le pauvre gosse.

Nous fûmes rapidement à la maison.

Je suis lasse, je suis énervée, je suis malade. Oui, malade de peur, d'appréhension. Je redoute l'avenir.

Ma chambre est solidement close ; j'ai barricadé la porte, poussé les verroux, entassé les chaises sur les fauteuils : je suis en sûreté. Tout dort, dans le Palais; la nuit est silencieuse. Seul le grand-duc n'est pas encore rentré. Il m'attend, peut-être, l'imbécile!

Je ne puis dormir, je suis trop énervée. Que faire? Rêver, penser? Non, je ne veux plus penser, je ne veux ni regarder le passé, ni sonder l'avenir. Vivre le présent, tout est là.

Je vais me lever et écrire ; mais oui, je néglige mon journal ; je reste des jours et des semaines sans l'ouvrir. J'aurais trop de chagrin à lui raconter. Quand donc pourrais-je y mettre de la joie, des sourires, du bonheur ?

L'air est un peu lourd. Par la fenêtre entr'ouverte, j'aperçois la Néva baignée de lune,

4.

les quais déserts qui s'estompent dans la nuit.
et là-bas. la masse grise des hôtels silencieux
derrière lesquels se dresse le Palais d'Hiver où
il m'attend. Ah ! tu peux m'attendre longtemps, ivrogne !

Mais pourquoi donc ne pensais-je qu'à lui.
qu'à cet être immonde dont la vue seule me
répugne ? Pourquoi suis-je sans cesse obsédée
par la vision de ce masque grotesquement
laid, de ce grand corps lourd et gauche, de
ces énormes mains maladroites...

Pourquoi la rougeur me monte-t-elle au
front, pourquoi mon cœur bat-il quand je le
rencontre. Car c'est une obsession ! En ce
moment. je le vois, au Palais d'Hiver. en train
de faire tourner maladroitement une gentille
princesse ou une frêle marquise dont il écrase
les petons sous ses vastes semelles. Je le vois,
au buffet, lamper goûlument les verres d'alcool. s'empiffrer de poisson salé et de viandes
rouges. et lever largement le coude cependant
que de la bière coule. coule sans cesse dans
son gosier d'ivrogne...

C'est trop bête. vraiment ! Je ne veux pius
penser... Ah ! viens petit journal, causons un
peu tous les deux !

VII

OU L'ON VOIT UN GRAND-DUC COMMETTRE
UNE LACHETÉ, UNE GOUVERNANTE SUBIR
UN OUTRAGE ET UNE FEMME DE CHAMBRE
EN COLÈRE. CE QU'IL ADVIENT DES TROIS.

Juin 190....

Est-ce que j'ai fait un rêve horrible? Suis-je encore la proie d'un affreux cauchemar? Est-ce bien moi qui suis assise à cette table. devant ce papier blanc ? Oh, mon Dieu, est-ce possible !

Je suis cependant éveillée et je ne puis croire que tout ce que j'ai vécu soit la réalité. J'ai dû, oh ! sans doute, avoir une vision, une effroyable aberration de mon esprit enfiévré, un trouble momentané de mon intelligence.....

Hélas! Je suis malade, je suis déshonorée, je suis perdue !

Cette chambre! oh, cette chambre louche et maussade d'hôtel, ces meubles laids, ces tentures salies, ce lit ignominieux !

Combien je regrette ma jolie chambre chez la grande-duchesse, mon beau lit en bois sculpté et les moulures qui ornaient les panneaux...

Mais non, je ne veux pas la regretter, puisque je l'ai quittée, puisque je me suis enfuie.

A toi, cher petit journal, je vais tout raconter, je vais tout dire. J'en ai trop sur le cœur, je veux me soulager, en te confiant ma peine. Ah ! je suis bien malheureuse. Que vais-je devenir maintenant ?

Ça devait arriver. Pouvais-je me défendre ? Comment aurais-je pu prévoir toute la bassesse, toute l'astuce de cet homme ?

Il me faisait peur. Devant lui, je me sentais anéantie, comme une chiffe. Ses éclats de voix, son regard dur et cruel me donnaient le frisson.

Depuis le bal où je l'avais laissé se morfondre, il avait encore accentué son attitude

envers moi. Chaque fois qu'il me rencontrait,
il m'arrêtait au passage.

— Méchante, pourquoi n'avez-vous pas
voulu ? Pourquoi n'es-tu pas restée...

Je m'enfuyais, tremblante et gênée, sans
répondre.

La semaine dernière, Serge fut atteint d'un
gros rhume, il avait de la fièvre, et le docteur
prévenu craignit une fluxion de poitrine.

Aussitôt, le grand-duc manifesta un vif intérêt pour le petit malade. Il entrait fréquemment dans la chambre à demi-obscure, inter-
rogeait la garde et me posait à moi un tas de
questions sur les probabilités de guérison de
son « fils adoré ».

Et souvent, je sentais ses gros doigts immondes caresser ma nuque ou frôler mon
épaule. Je me reculais, prise de honte et de
dégoût. Le grand-duc s'en allait alors, rouge
et congestionné, et invariablement, il m'ordon-
nait de venir le soir, lui apporter encore des
nouvelles de son petit pigeon.

Je devais obéir, et au moment d'aller au lit,
je montais dans les appartements du grand-
duc pour lui apprendre que Serge reposait
et semblait aller mieux ; je transmettais ordi-

nairement mon message au premier valet de
chambre qui sommeillait dans l'antichambre,
puis je me retirais aussitôt, soulagée.

Un soir — il y a juste trois jours de cela —
Serge avait été un peu agité : il ne voulait
pas dormir et je dus rester à son chevet très
tard.

Minuit sonnait. L'enfant venait de s'assoupir
et je me rendis chez le grand-duc afin de l'in-
former que le malaise de Serge ne serait que
passager. Dans l'antichambre, personne. Le
valet était absent. Que faire ?

J'avais sommeil, je voulais dormir. Délibérément, je frappai à la première porte, devant
moi.

— Entrez !

Ciel, le grand-duc ! Je n'osais ouvrir, et
j'allais m'enfuir, en proie à une peur folle,
quand la porte céda soudain et le grand-duc
en toilette de nuit surgit devant moi.

Je lui fis ma commission d'une voix tremblante, en baissant les yeux pour cacher ma
rougeur, quand tout à coup, au moment où
j'allais me retirer, ses deux mains comme
poussées par des ressorts s'abattirent sur mes
épaules. Je jetai un cri perçant et je voulus me

débattre ; mais il m'entraîna violemment dans
la chambre et referma la porte à double tour.

Puis, me prenant rudement par le bras, il
me poussa dans une sorte de boudoir entière-
ment capitonné de lourdes tentures, et la
porte retomba. J'étais perdue. Ah ! je pouvais
crier et me débattre, je pouvais hurler à m'arracher la gorge ! Personne ne devait m'entendre. Les tentures étoufferaient tous les
bruits. Et j'étais seule, en face de cette brute,
sans défense et sans secours, pauvre brebis
perdue dans le désert et que la hyène sur-
prend.

L'infâme ricanait.

—Ah, ah, chacun son tour, ma petite sirène !
Tu as cru te moquer de moi et te soustraire
à ma volonté, tu as cru que le grand-duc
Alexandre n'était pas assez fort pour avoir
raison de toi ! Tu vois, tu vois, petite folle,
petite drôlesse, que je peux tout, quand je
veux ! Et je te tiens, maintenant, tu es à moi.
tu es mon trésor, mon joujou, et je te veux, je
te veux, je te veux...

Il était effrayant et je sentais une angoisse
mortelle m'étreindre le cœur.

Ses mains tremblaient, sa lippe charnue

avait une contraction qui découvrait ses dents jaunes et de la bave coulait de sa bouche.

J'essayai de l'attendrir et je me jetai à ses pieds, suppliante.

— Oh ! je vous en prie, Monseigneur, je vous en supplie, n'abusez pas de ma faiblesse, laissez-moi.

— Non, non, je te veux, je te veux toute, tes lèvres, tes seins, ton corps, tout ton joli petit corps... tes yeux !

— Mais, c'est un crime, Monseigneur, une chose affreuse, une chose lâche. Par pitié !

— Un crime, une lâcheté ! Ah, ah, ah, méchante folle, est-ce une lâcheté de t'aimer, est-ce un crime de te vouloir ?... Viens, viens, sois à moi, toute...

— Je ne veux pas, je ne veux pas, à moi, au secours, au secours...

— Oui, crie, putain, crie, vipère, personne ne viendra, personne. Tu es à moi et je te prends.

D'une main puissante, il me saisit à la taille et me jeta sur un divan. Je me débattais en désespérée, luttant avec les pieds, avec les mains, et plusieurs fois, mes ongles labourèrent son visage où du sang apparut.

Lui, pris d'une rage folle, m'écrasait sur le
divan et ses mains immondes déchiraient
mon corsage et mes jupes ; d'un effort violent,
il fit sauter mon corset, cependant que ses
lèvres goulues s'appliquaient sur mes seins et
que ses dents de fauve me criblaient de mor-
sures. Mes ongles crispés sur ses joues s'im-
plantaient partout et déchiraient la peau,
mais il ne sentait pas la douleur, dans sa folie.
Et toujours, dans cette lutte atroce, ses mains
qui arrachaient les jupons, qui froissaient les
dentelles et qui montaient plus haut, plus haut
toujours, malgré ma défense et mes efforts
surhumains.

Peu à peu, la lutte faiblit : j'étais anéantie,
meurtrie et sans forces, presque évanouie.

Maintenant que mon esprit est plus calme,
je revois mieux la scène, je puis me rendre
compte, enfin ; mais à ce moment, je ne
voyais, je n'entendais plus rien, affaissée,
comme morte.

Et soudain, une douleur, un déchirement
terrible me jeta, pantelante et domptée ; je
sentais une chose immonde, énorme, invin-
cible qui me pénétrait, qui me torturait dans
une souffrance atroce mêlée de dégoût et de

rage. Et je faisais d'inutiles efforts pour me
dégager, pour fuir ce cauchemar épouvantable. Tel un monstre apocalyptique, l'ignoble
grand-duc se vautrait sur moi, m'écrasant
sous son poids de brute, cependant que sa
figure horriblement crispée, souillée de sang
et de bave, frôlait ma tête et que ses lèvres de
pieuvre suçaient mes seins jusqu'au sang.

Après, je ne sais plus. Je m'étais évanouie,
et je dus rester longtemps dans cette prostration.

Quand je repris connaissance, j'étais couchée dans un lit qui n'était pas le mien, et
auprès de moi, un grand corps immobile et
chaud...

Je fus quelques instants avant de me souvenir, puis tout à coup, la lumière se fit. J'étais
là, dans ce lit, avec le grand-duc : j'étais sa
maîtresse, il m'avait violée. Et il dormait,
l'immonde magot, repu et satisfait.

Ah, une arme, si j'avais eu une arme, avec
quelle joie...

D'un bond, je fus hors du lit ; j'étais nue.
Violemment j'arrachai une couverture pour
m'envelopper et je me précipitai vers la porte.
L'autre s'éveilla lourdement, grogna, puis, se

tournant d'un coup de coude, il retomba dans
son anéantissement de brute... La clef était
sur la porte, par bonheur... Pas une lumière
dans la maison, pas un bruit. A tâtons, je
regagnai ma chambre et je me jetai sur mon
lit. Une crise de larmes me soulagea et je demeurai longtemps, secouée de sanglots, meurtrie et douloureuse. Peu à peu, cependant, le
sommeil vint calmer ma fièvre et je m'endormis d'un sommeil agité, plein de rêves
effrayants où, sans cesse, revenait l'apparition
monstrueuse du grand-duc ivre de lubricité,
cependant qu'une chose immonde que je ten-
tais vainement d'écarter, me pénétrait avec
violence et faisait crier ma chair.

Cette chose affreuse que je redoutais, tout
en ne me rendant pas bien compte de ce
qu'elle pouvait être, s'était donc accomplie !
En perdant ma virginité qui jusqu'alors avait
fait ma force, je perdais en même temps le
respect de moi-même. J'étais souillée ; j'étais
perdue.

Et je sentais si bien cette déchéance, cet affreux vide qui venait de remplacer ma fragile
volonté. Maintenant, c'était fini ! Je ne pou-

vais éviter la loi fatale de ma destinée. Tant
que j'avais été soutenue par ce sentiment ma-
tériel de ma pureté, j'avais été forte pour lutter contre certains appétits, mal définis, contre
certaines ardeurs qui me faisaient souhaiter
la matérialisation des héros de mes lectures.
Et maintenant, cette force s'en était allée et je
me sentais à la merci du premier homme qui
me saurait prendre. Je me sentais incapable
de recommencer la lutte où je savais que je
succomberai inévitablement, puisque j'étais
une proie sans courage et sans volonté, jetée
en pâture au désir de l'homme.

Mais tout, oui tout, la mort même plutôt
que de subir encore le grand-duc. Oh! de
quelle haine je me sentais animée contre cet
être sans cœur et sans dignité qui venait de
briser ma vie et de me jeter à l'égout. J'appe-
lais sur sa tête toutes les colères du ciel, toutes
les rancunes de la terre et je bénissais par
avance le nihiliste justicier dont la bombe
vengeresse supprimerait cette existence infâme.

Mais, au milieu de mes rêves de vengeance
passait la douce image de la duchesse dont le
regard sympathique, et la voix caressante

venaient adoucir l'amertume de mes pensées.

Pauvre femme, pauvres enfants !

Ce que j'ai pleuré, durant cette longue journée qui suivit le viol ! Prétextant un malaise
— et d'ailleurs n'étais-je pas malade moralement et brisée par tout le corps — j'avais prié
la duchesse de m'excuser et j'étais restée dans
ma chambre. A deux reprises, le grand-duc
était venu frapper à ma porte, mais j'avais
évité de répondre, et de guerre lasse, il s'en
était allé.

Vers le soir, on frappa de nouveau et Lina
me pria d'ouvrir, ce que je fis avec empressement. Ah ! comme je me suis jetée dans ses
bras en sanglotant.

Et je lui ai tout raconté, oui, sans honte ;
j'ai dit la ruse du grand-duc, j'ai refait la scène
du viol et mon évanouissement, et ma surprise de me trouver, plus tard, dans le lit du
maître, enfin tout.

Et Lina, les sourcils froncés. répétait à
chaque instant :

— Ça ne m'étonne pas...

Quand j'eus terminé, Lina me prit dans ses
bras pour me consoler.

— Voyez-vous, Juliette, il vaut encore

mieux que vous en soyez quitte avec ça. Il
vous aurait tuée si vous aviez résisté. Et maintenant, qu'allez-vous faire? Que décidez-vous?

— Je ne sais pas.

— Comptez-vous rester quand même au
service de la duchesse?

— Non, oh! non. Comment pourrai-je en-
core vivre auprès d'elle. D'ailleurs, si je reste...

— Évidemment, le grand-duc exigera que
vous soyez sa maîtresse.

— Et voilà justement ce que je ne veux pas.

— Alors?

— Je partirai, tout de suite, demain.

— Et que ferez-vous?

— Je ne sais pas... Je retournerai en France,
à Paris ou ailleurs, qu'importe.

— Oui, cela vaut peut-être mieux ainsi.
Partez, effacez jusqu'au souvenir de cette maison où vous avez eu si peu de joies. Dans votre
pays, vous trouverez peut-être un brave garçon qui vous épousera et qui vous rendra heureuse. C'est du moins ce que je vous souhaite.

Bonne Lina! Enfin, j'étais décidée, je partirai dès le matin. Mais comment faire pour
annoncer ma résolution à la duchesse? Men-
tir! Puis-je faire autrement. Je lui conterai

qu'ayant reçu un télégramme, je devais re-
joindre mon fiancé le plus tôt possible. Mon
fiancé ! oh ! les belles épousailles qui m'attendaient !

Et je mentis. La duchesse parut navrée ;
elle me gronda doucement de l'abandonner
ainsi, et elle me fit un superbe cadeau.

Elle ne voulait pas me laisser partir, prétextant mon malaise, et je dus lui jurer que je me
sentais beaucoup mieux.

Le moment le plus pénible de la journée
fut le dîner. Je n'avais pu refuser, faute de
prétexte, d'assister pour la dernière fois au
repas familial et je crus m'évanouir encore
lorsque le grand-duc parut. Sans montrer le
moindre trouble, il s'assit à sa place et rejeta
sur la maladresse de son coiffeur les égrati-
gnures qui marquaient ses joues.

Je faisais des efforts surhumains pour contenir mon émotion et pour ne rien laisser paraître de l'agitation de mon âme : je touchai à
peine aux plats, malgré les prières pressantes
de la duchesse. Alexis me taquinait, surpris
de mon silence et de ma gêne. Ce supplice
prit fin cependant lorsque le grand-duc quitta
la table. A mon tour, je m'empressai de

prendre congé de la duchesse que je ne devais plus revoir et j'emmenai Alexis. Serge, encore couché, voulait me retenir et je dus lui promettre mille gâteries pour échapper à ses prières.

J'eus vite fait de boucler ma malle; ma garde-robe était peu fournie et j'avais besoin de si peu de choses. En somme, bien munie d'argent, je pouvais envisager l'avenir sans trop de craintes.

Mais j'avais été trop bouleversée par tout ce qui s'était passé, pour entreprendre immédiatement ce long voyage du retour; j'étais malade; je souffrais encore de l'agression brutale du grand-duc; j'étais toute courbaturée, toute déchirée, toute meurtrie. Il me fallait quelques jours de repos. N'avais-je pas besoin de forces physiques, maintenant que la grande lutte allait commencer!

Le lendemain, au matin, je partis et je me fis conduire à l'Hôtel de France; je voulais rester là deux ou trois jours, puis je quitterai à tout jamais le sol odieux de la Russie où j'étais tombée...

Ah! quels espoirs en arrivant! Quelles désespérances, au retour! Pauvre de moi!...

CHAPITRE IX

OU L'ON VOIT UNE EX-GOUVERNANTE FAIRE L'APPRENTISSAGE D'UNE PROFESSION TRÈS RÉPANDUE.

Juillet 190...

Minuit ! Je suis un peu lasse, et, cependant, je ne veux pas me coucher avant d'avoir causé un moment avec toi, cher petit journal.

Depuis si longtemps que tu dors, au fond d'un tiroir ! Les semaines ont passé ; il est survenu tant de choses, depuis mon... accident ! J'ai vécu tant d'heures d'angoisse et de crainte que je t'ai oublié. Mais à présent que mon ciel semble plus clair, que mon cœur est plus léger, à présent, nous allons vivre tous deux notre petite intimité.

5

Que je te dise tout d'abord ! Cinq jours de
voyage... La tête vide, l'âme endolorie et le
corps brisé, je débarque à Paris, un matin, il
y a trois semaines. Il faisait un beau soleil ;
l'air était pur, la matinée splendide ; je me
sens soulagée par cet accueil de la grande
ville.

Hôtel, installation, première fièvre de l'arrivée, que sais-je ! Au bout de quelques jours,
je me mets en quête d'une place. Dame ! Je
pouvais bien attendre quelques semaines,
quelques mois même, mais à quoi bon user
mes économies dans l'oisiveté. Je consulte les
journaux, j'insère des annonces, je me démène.
Au bout de huit jours, rien ! Pas trop décou-
ragée, je recommence à lire les annonces du
Journal et du *Matin* et à consulter *les Petites
Affiches*. Seulement, dans ces journaux-là,
on ne demande que des femmes de chambre,
des bonnes à tout faire ou des dactylographes.
Or moi, je cherchais une place de gouvernante
ou de dame de compagnie.

Et le temps passe, les jours se suivent... et
se ressemblent, je cherche toujours.

Voilà que lundi dernier — il y a donc quatre
jours — je trouve un journal déplié sur la

table du bureau de l'hôtel. Je le regarde. Tiens,
le Supplément! Un journal à femme.

Je ne suis pas trop bégueule, surtout depuis
que... Et puis, la curiosité! Bref, je chipe le
journal pour le lire dans mon lit. D'abord, un
article de Paméla... je passe : Oh! tes nichons!
de Mendès... je passe ; Coup double, de La
Vrille... je passe, mais je le lirai tout de même,
celui-là ; des vers de Roustand... A la qua-
trième page, une débauche de femelles nues,
nichons au vent, dans un envol — oh! si léger
— de dentelles ; puis, les annonces. Voyons
les annonces : chambres à louer, garçonnières,
petits appartements discrets... offres et demandes de capitaux... Jeune dame gênée
demande à emprunter 10 francs : rendra au
gré du prêteur. Oh! la, la ! Offres et demandes
d'emploi ; voyons ça un peu ! Monsieur offre
20 francs par mois... Dame âgée prendrait
secrétaire jeune... Jeune artiste. belle voix,
désire place auprès monsieur seul... Tiens,
oui... mais... Une artiste dramatique cherche
une jeune fille, excellente éducation, comme
demoiselle de compagnie, etc., etc.

Mais c'est justement ce que je désire ! Si je
m'attendais à celle-là, par exemple ! Je vais

écrire tout de suite. Et v'lan, je saute de mon
lit, en chemise : le papier ? Ah ! là. Et la plume ?
Où diable est ma plume ? Qui est ce qui m'a
pris ma... La voilà ! Je m'applique à tracer une
belle anglaise aristocratique... gouvernante...
musicienne... fille de pasteur... demander
renseignements à monseigneur le grand-duc
Alexandre...

Si elle allait lui écrire, cependant ! Ah ! bah,
il ne pourra que lui répondre que je suis une
personne tout ce qu'il y a de plus séduisante,
tout ce qu'il y a de plus parfaite, une perle
quoi ! Il est payé pour me connaître, ce sale
Russe.

Mais elle ne lui écrira pas. Est-ce qu'on
écrit à une Altesse ? Il suffit que j'aie été
admise dans sa maison, n'est-ce pas ?

Vite, mon peignoir, mes pantoufles.

— Joseph, Joseph...

— V'là, mam'selle, v'la...

— Vite, portez ça à la poste, mais vite, tout
de suite.

— On y va, mam'selle, on y court.

Ouf ! ma lettre est partie. Dieu ! Je vais avoir
la fièvre, bien sûr. Pourvu qu'elle réponde,
cette artiste. Et je me la figure très jeune, très

entourée, très choyée, dans un joli petit
hôtel de la plaine Monceau... Chaque soir, je
l'accompagne à son théâtre, à la Comédie-
Française, évidemment, et je fais les honneurs
de sa loge à ses admirateurs, à ses amis, à
ses amants, peut-être... Elle m'aime et nous
sommes une paire de camarades, des inséparables, des sœurs...

Dieu, que c'est bête ! L'annonce date de
trois jours. Bien sûr qu'elle a dû recevoir pas
mal de lettres, l'artiste. Elle ne me répondra
pas. J'ai vu le journal trop tard.

Pourquoi ne l'ai-je jamais ouvert, ce *Supplément*-là, puisqu'il a des annonces ?

Je n'ai pas fermé l'œil de la nuit, bercée
alternativement par des espoirs fous et des
explosions d'incrédulité. Et pourtant, qui
sait...

Je passe la journée à courir les magasins et
à lire les offres d'emplois, sur les murs. Je
rentre à l'hôtel, un peu lasse, vers huit heures.

— Joseph, ma clef.

— V'là, mam'selle, avec eune lettre qu'a sent
ben bon pour vous.

— Donnez vite, mais donnez donc, idiot.
Quatre à quatre, je monte l'escalier.

Enfin ! Si c'était une réponse ! Vite, mon coupe-papier ! Je dévore cette petite écriture tremblée, mais je ne distingue pas bien... l'émotion, la joie ! Mes yeux sont troubles...

« MADEMOISELLE,

« Bien reçu votre lettre. — Venez vite. — Ai hâte de vous voir. — Espère m'entendre avec vous. — Me paraissez répondre à toutes exigences. Vous attends demain deux heures chez moi.

« CÉCILIA,
« du Vaudeville. »

Cécilia ? Mais je la connais, je l'ai vue, c'est-à-dire j'ai vu sa photographie chez Haute-cœur.

Et elle demeure avenue des Champs-Élysées, nº 13. Ah, que suis contente !

Je danse comme une folle dans ma chambre en brandissant la lettre, que je relis plusieurs fois, afin de me convaincre que je ne suis pas le jouet d'une illusion.

Vrai, elle doit être bien occupée, cette pauvre femme, pour écrire ainsi, en style télégraphique...

A une heure, le lendemain, j'étais déjà
prête. Ma plus belle robe, mon chapeau le plus
coquet, des gants neufs, une ombrelle en dentelle... J'étais vraiment très bien, avec un certain air de distinction et de sobre élégance.
L'émotion colore mes joues ; mes yeux bril-
lent...

Une heure et demie. Je prends un fiacre,
pour ne point paraître lasse devant Mme Cécilia ; il fait un temps magnifique, pas trop
chaud, avec une légère brise. Les cantonniers
inondent la chaussée pour abattre la poussière.
Mon cocher sifflote entre ses dents, tout en
poussant Cocotte ; au moment où nous péné-
trons dans l'avenue des Champs-Élysées, je
me sens prise d'un trac formidable ; mon
cœur bat à coups redoublés et j'ai presque
un instant de faiblesse. Nous arrivons.....
encore quelques pas..... Voilà le 13 : c'est
là.

Je monte lentement les marches du grand
escalier ; il est deux heures exactement ; à
l'étage, je tire le pied-de-biche doré ; une jolie
soubrette, fine et gracieuse, me fait entrer au
salon et va prévenir Madame. Mon émotion
redouble ; j'ai presque envie de fuir. Pour

tromper mes nerfs, je me force à regarder les
mille bibelots qui encombrent le salon, les
potiches de Chine grimaçantes et multicolores, les petits ivoires japonais si délicats, les
vieux éventails, les tapisseries... Les meubles
sont riches, les tapis épais, mais ce n'est pas
aussi distingué, aussi élégant que chez la
grande-duchesse. Je suis chez une actrice,
chez une cocotte presque, et cela se sent à
mille riens, aux étoffes trop lourdes dont la
couleur écrase le mobilier, aux bibelots trop
riches et d'un goût douteux, aux tapis flam-
boyants qui hurlent les expositions des grands
magasins.

Sur la cheminée, aux murs, partout, des
photographies de toutes les grandeurs représentant pour la plupart et sous toutes les faces
la maîtresse de maison. Quelques-unes sont
dédicacées : A ma chère camarade... A la plus
géniale artiste... A ma pensionnaire dévouée...

Dans un angle, et bordé d'un immense
cadre doré trop large, le portrait au pastel et
en pied de Cécilia, par Reutlinger. Dieu,
quelle est jolie, dans son fourreau de velours,
avec ce grand chapeau d'où pendent de
longues plumes blanches ! Quel admirable

profil ! Et je vais voir, tout près, en tête à tête,
l'original de ce magnifique tableau ! Mon trac
me reprend.

Tout à coup, une porte de côté s'ouvre
brusquement et un flot de dentelles pénètre
dans la pièce avec une bouffée de parfum.
Cécilia ! C'est ça, Cécilia ! Cette vieille femme
aux joues tombantes, aux yeux pochés, au
front criblé de rides !!! Pauvre Reutlinger !

— Ah ! que c'est aimable à vous d'être
exacte, mademoiselle. Mais voyons, asseyez-
vous, là, en face de moi.

La vieille s'est affalée sur un divan, au milieu de ses dentelles et elle m'examine du haut
en bas avec son face-à-main en écaille.

C'est drôle, je ne suis plus troublée. Parti,
envolé le trac. Cette vieille ne m'émotionne
pas du tout, mais elle m'intéresse ; elle res-
semble un peu à Lina, avec les rides en plus.

Et nous bavardons ; elle veut savoir comment j'ai passé mon enfance.

— Ah ! Vous êtes une fille de pasteur ?
Tiens, cela me fait plaisir, oh ! mais oui, très
plaisir.

Je me demande un peu pourquoi, par
exemple.

Elle m'interroge sur la Russie, sur la famille du grand-duc Alexandre, sur le Palais
d'Hiver. Oh, ce Palais d'Hiver où elle aurait
tant voulu aller en représentation, pour jouer
devant le Tsar. Elle prononce Czar, en appuyant sur le C...

— Et pourquoi avez-vous quitté le grand-
duc, la Russie ?

Je ne sais que répondre. Dame, je ne peux
pourtant pas lui dire... Et je rougis, je rougis
comme une coupable.

Elle insiste. Est-ce que par hasard le grand-
duc...

Mon trouble augmente. Je ne sais où me
mettre. Et cela l'intéresse prodigieusement, la
vieille libidineuse.

— C'est ça, n'est-ce pas ? Et vous êtes partie à cause de ça, hein ? Pauvre enfant.

Je fais involontairement un signe affir-
matif.

— Moi, à votre place... Ah ! oui, alors...

D'abord, je serais restée, et puis... et puis...
Vous me comprenez !

Je ne comprends que trop. Elle l'aurait fait
chanter, le grand-duc, parbleu. Mais peut-être
ne se serait-il pas laissé faire.

— Eh bien, j'aime mieux ça, oui, j'aime
mieux que vous soyez un peu... comment
dirais-je, un peu... dessalée, disons le mot. Je
déteste ces petites bégueules qui ne savent rien
et qui font des impairs. Au moins vous,
puisque vous avez vu le loup, vous savez ce
que c'est. Il n'est pas bien méchant... au contraire... Et puis d'ailleurs, chez moi, il vient
tellement de monde, je connais tant de gens
qu'il faut savoir se montrer à la hauteur de
toutes les situations. Vous me comprenez ?

Tiens, je te crois que je comprends. C'est
assez clair.

— Je cherche non seulement une aide, une
distraction, mais aussi une amie. Vous me
plaisez beaucoup, mais là beaucoup et vous
savez que je ne vous lâche plus. Vous vivrez
avec moi, tout près de moi : nous causerons...
j'adore bavarder. Vous me ferez la lecture,
vous m'accompagnerez partout, au théâtre,
quand je joue, à la promenade, en voyage,
aux courses, aux bains de mer, enfin partout.
Ah, vous savez que j'adore les restaurants de
nuit et que j'y vais souvent. Vous viendrez
avec moi. On y rencontre quelquefois d'ai-
mables jeunes gens avec lesquels on peut pas-

ser un bon moment... en tout bien tout honneur, s'entend. Êtes-vous musicienne ?

— Oui, un peu, je pianote.

— Qu'est-ce que vous savez jouer, par
exemple ?

— Du Brahms, du Chopin, du Mozart, du
Beeth...

— Et *Viens Poupoule* ? Ah ! vous me joue-
rez *Viens poupoule*, n'est-ce pas ? Et puis un
tas de chansons, vous savez, ces chansons des
rues, *le Dernier baiser*, *la Fifille à sa mère*,
la Mattchiche...

— Mais oui, tout ce que vous voudrez.

— Ah ! tenez, vous êtes une perle. Et l'anglais, est-ce que vous parlez l'anglais ?

— Oui, un peu...

— Elle est épatante. Et le russe ? Vous devez comprendre le russe, n'est-ce pas ?

— Oh ! si peu...

— Moi, je sais un mot, un seul, en russe,
Dourak : le connaissez-vous?

— Sans doute, on l'emploie aussi fréquemment qu'en français, en Russie.

— Ah ! qu'est-ce que ça veut dire ?

— C'est un vilain mot, je n'ose vous le ré-
péter.

— Un vilain mot ? Oh si, dites, dites vite.

— Ça signifie : Imbécile.

— Imbécile ! Ah, imbécile ! Non, c'est trop drôle. Elle est épatante.

Et elle rit, elle rit, la vieille Cécilia ! Ses nichons ballottent dans son peignoir, son ventre tressaute... Je regarde le portrait de Reutlinger. Elle suit mon regard, et tout à coup, sans transition :

— Pas mal, n'est-ce pas ? Il date de l'an dernier. Vraiment, quel grand artiste, ce Reutlinger !

Et Cécilia bavarde; elle ne tarit pas, une vraie pie. Moi, ça m'amuse, ce babillage incohérent. Elle me parle de ses chiffons, de ses robes, de ses dentelles ; puis elle me montre ses bijoux. Des merveilles ! Une fortune énorme ! C'est une cascade de perles, de diamants, de rubis, d'émeraudes...

Ensuite, elle me conduit dans son boudoir, un bijou, garni de petits meubles dorés, avec des coussins en liberty partout ; je visite sa chambre à coucher, j'admire son lit, un meuble splendide, sculpté et garni d'appliques en argent... Un autel. L'autel de l'amour, évidemment.

Les heures passent ; nous bavardons toujours : Cécilia s'abandonne tout à fait et me
comble de confidences. Nous voilà déjà une
paire d'amies.

— Aimez-vous le thé ? Nous allons prendre
une tasse de thé, et après, je vous emmène
faire un tour et je vous reconduirai chez vous.

Elle sonne.

— Vite, le thé, Jeanne : dites à Lucien de
préparer l'auto ; nous partons dans dix minutes.

Et le bavardage continue. Jeanne dresse la
table à thé et verse le liquide blond dans les
tasses mièvres ; Cécilia trempe des biscuits.

— Qu'avez-vous pensé en voyant mon annonce dans le Supplément ? C'est drôle. n'est-
ce pas ? Une fière idée que j'ai eue. Est-ce que
vous le lisez souvent le Supplément ?

Moi, pour rester dans la note, j'affirme.

— Évidemment : je l'achète toujours.

— Ah ! cette Paméla. Vous savez que c'est
un homme.

— Non, je l'ignorais. Et puis, comment savoir...

— Eh ! bien, oui, là, c'est un homme, et
un rude lapin, encore. Toutes les femmes de

Paris, sont ses amies, sans se douter naturelle
ment que c'est lui qui signe Paméla.

Tout à coup, elle saute en l'air.

— Et moi qui ne suis pas habillée, et je bavarde, je bavarde... Venez dans ma chambre ;
j'aurai vite fait, avec Jeanne. Comme ça, nous
pourrons causer. Je ne peux pas causer avec
Jeanne, elle est Dourak.

Ah ! cette toilette. Quel replâtrage, mes
aïeux !

D'abord, les dessous ; Cécilia a des dessous
merveilleux, des pantalons ébouriffants, brodés de valencienne authentique et ornés de
rubans. Sa chemise est une merveille de travail au crochet, mais ce qui est dedans... Par
l'échancrure très large, j'aperçois les pauvres
seins flasques qui pendent telles des outres
dégonflées ; le ventre est ballonné et déborde ;
les hanches s'évasent, puissantes et grasses
sur des cuisses en bourrelets.

Mais le corset, de chez la grande faiseuse, a
vite fait de mettre une forme, de redonner une
ligne à ce corps usé, et voilà les nichons qui
dessinent une courbe gracieuse, les hanches
qui s'effacent, le ventre qui disparaît. Merveille du corset droit ! Essoufflée, Jeanne tire

sur les cordonnets. Cécilia, maintenant. a une
taille de sylphide. une cambrure de déesse.
Et, le froufrou soyeux des jupons enveloppe
la croupe et retombe sur les jambes revêtues
de bas délicatement brodés.

Mais la figure! Comment va-t-elle faire?

Pendant que Cécilia s'inspecte dans la psyché, Jeanne prépare sur la toilette un régiment de pots, de flacons, de boîtes multicolores, de pinceaux et de pattes de lièvre; on
dirait d'un étalage de parfumeur.

Cécilia s'installe et le portrait commence.

Le blanc gras, les onguents, le rouge, le
carmin, le bleu et le noir s'étalent en couches
épaisses sur les rides et les crevasses. Peu à
peu, le masque s'adoucit : un reflet de jeu-
nesse semble passer sur ce visage fatigué par
les fards cependant que les brosses, les pinceaux et les houppes renforcent ici, atténuent
par là et ouatent les contours durs des joues
boursoufflées. Un dernier coup à la chevelure
teinte, et Cécilia a vingt ans de moins sous la
voilette.

Enfin, la toilette est achevée. Il est cinq
heures et demie. Vêtue d'une robe princesse
rose qui moule sa taille fine, le chef coiffé

d'un large panama à plumes blanches, une ombrelle à la main, Cécilia s'admire dans la psyché. Elle se sourit, elle s'envoie des baisers... Cette vieille de quarante-cinq ans en paraît à peine vingt-huit; seulement, il ne faut pas s'approcher trop.

— Le coupé de madame est avancé.

— Eh ! bien, sortons.

Raide sur son siège. Lucien tient le volant de l'élégante machine qui va nous emporter dans Paris en un vol rapide.

Cécilia se hisse légèrement et s'étale sur les coussins ; je prends place à ses côtés et la voiture démarre avec un grincement sec. Nous roulons sans secousses, sur le pavé de bois humide ; il fait bon : le soleil est moins chaud : la rapidité de la course nous enveloppe d'une brise fraîche ; dans l'avenue, la foule des voitures passe, avec le claquement sec des sabots des chevaux ou le halètement précipité des moteurs; sous les arbres, un peuple d'enfants s'ébat ; des cocottes se pavanent, étalant des gorges à peine recouvertes d'une mince dentelle ; des hommes les suivent, s'arrêtent, se retournent, avec cet air bête des gens qui craignent d'être vus. Et sur Paris, le soleil à son déclin jette un vaste éblouissement, l'embrasement doré d'un gigantesque incendie où traînent des bandes de nuages rouges et violets qui s'abaissent sur l'horizon.

Et la voiture nous emporte le long des rues peuplées de provinciaux en ballade, où les boutiques ouvrent leurs portes au souffle plus frais du soir. Sur le boulevard, une foule ; Cécilia sourit à des amis rencontrés et lance de temps en temps un salut nonchalant du bout de ses doigts gantés.

— Allons prendre un bock chez Spiess, voulez-vous ?

— Avec plaisir, madame.

La voiture décrit une courbe savante, à la hauteur de la rue Drouot et s'arrête devant le café Viennois grouillant de gens altérés et de flâneurs qui déshabillent les femmes.

Notre descente de voiture fait sensation ; souriante et sautillante, Cécilia s'installe à la terrasse et commande deux bocks. Non loin de nous un jeune homme à monocle se lève pour nous regarder et chantonne à mi-voix :

— Tiens, v'là Cécilia. comment vas-tu ma vieille...

Cécilia le toise avec son face-à-main, puis sourit.

— C'est l'Idiot. autrement dit le vicomte Louis... On l'appelle comme ça, parce qu'il fait toujours l'idiot, l'imbécile...

— Le Dourak, le vicomte Dourak, alors.

— Oh! charmant; je le placerai; ce nom lui va encore mieux...

Il est bientôt sept heures. Je me sens lasse; cette journée pleine d'émotions m'a un peu énervée. Je voudrais rentrer.

Très obligeante, Cécilia me reconduit jusqu'à l'hôtel. Elle m'embrasse sur la bouche en me quittant, et elle insiste pour que j'entre tout de suite chez elle, dès le lendemain.

— Je vous attends sans faute. Votre chambre sera prête... Lucien viendra chercher vos effets. Donc, à demain, au revoir.

Et elle s'en va, gracieuse, pimpante, dans son électrique rapide.

Pauvre Reutlinger, si tu savais!

Enfin, j'ai une place, je suis casée: ma nouvelle maîtresse me plaît; elle semble bonne et auprès d'elle, je n'aurai sans doute pas à redouter de grands-ducs. Et puis, bien que vulgaire, elle est charmante.

Ah! quelle chance d'avoir lu *le Supplément*!
Maintenant, je vais l'acheter; non, je m'abon-
nerai plutôt; je lui dois bien ça !

Je me sens soulagée d'un grand poids,
maintenant. Allons, la vie est belle. Pourquoi
désespérer...

Ce que je vais bien dormir, cette nuit!

Voilà dix jours que je suis avenue des
Champs-Élysées. Comme le temps passe! Il
me semble que c'est d'hier que date mon entrée chez Mme Cécilia. Quelle différence
entre hier et aujourd'hui. J'avais alors une
vilaine chambre d'hôtel où les punaises ne
payaient point de loyer; le miroir était sale
et noirci par les mouches qui s'y étaient ou-
bliées ; les chaises sentaient la misère et le
grand âge ; le lit craquait affreusement de
tous ses ressorts martyrisés...

Aujourd'hui, j'ai une chambre royale, haute
de plafond, blanche et dorée. De lourdes tentures vieil or encadrent les fenêtres, où pendent
des brise-bise en dentelle; j'ai une armoire à
glace, une psyché, un miroir à trois pans.....
Mon lit est somptueux et si doux... des tapis
couvrent le parquet : une peau d'ours blanc

me sert de descente de lit ; la toilette est en
marbre blanc sculpté... Bref, c'est le luxe rêvé,
l'opulence.

Jusqu'à présent, Cécilia n'a pas changé à
mon égard et elle est toujours aimable et gentille ; mais son bavardage incessant m'assomme. Dieu, quelle langue bien pendue ! La
garce qui lui a coupé le fil n'a sûrement pas
volé ses cinq sous.

La première fois que je suis venue, l'autre
jour, le mobilier du salon m'avait causé une
impression drôle. Je sentais que j'étais dans un
milieu intermédiaire entre la courtisane et la
femme du monde. En outre, certaines paroles
de Cécilia m'avaient donné à entendre que
j'assisterais à de curieux spectacles. Eh bien,
ça n'a pas traîné. Mme Cécilia a beaucoup...
« d'amis », et elle les reçoit tous, à tour de
rôle. Il y en a des jeunes, qui n'ont pas encore
de moustache et qui forment l'escorte volante.
Puis des plus âgés avec quelques poils gris
dans la barbe et dans les cheveux ; ceux-là,
tous décorés et très élégants, composent la
cavalerie légère. Vient ensuite la grosse artillerie, des financiers et des directeurs de théâtre,
petits, replets, dodus et bedonnants ; on sent

qu'ils portent un sac dans leur gousset. Enfin,
l'état-major, quelques vieilles barbes blanches
déplumées et toussotantes qui sucent leur
canne en roulant des yeux blancs et timides ;
le chef d'état-major en fonctions, celui qui a
la clef de l'appartement, est un personnage
important qu'on voit souvent à l'Élysée. Ce
qu'il est laid !

Cécilia a tenu à me mettre à l'aise, et elle a
fait mon éducation. De sorte que j'ai dû
apprendre par cœur le nom de tous ces messieurs, afin d'éviter les gaffes.

Puis elle m'a présentée. Très galants, les amis
de Cécilia. Quelques vieux m'ont tapoté les
joues, paternellement ; mais presque tous
ceux de la cavalerie légère ont cru bon de me
dire que j'étais jolie, très jolie même ; l'un
d'eux m'a chatouillé dans le creux de la main
en me regardant dans les yeux. J'ai retiré ma
main et je lui ai tourné le dos. Pourquoi me
gratte-t-il la paume de la main ? Je suis cha-
touilleuse, moi.

Presque tous les soirs, nous sommes allées
au théâtre. En ce moment, Cécilia est de la pièce,
et Porel ne badine pas. Quand il gueule après
ses « putains », toutes se mettent à trembler.

— Si tu viens pas à l'heure, demain, j'te fous à la porte avec mon pied au derrière, hurle-t-il à tout propos.

Et chaque soir, l'escorte volante, la cavalerie légère et quelques représentants de la grosse artillerie ont défilé dans la loge de la grande amoureuse; l'état-major apparaît rarement. Ces messieurs se couchent de bonne heure pour se faire masser par leurs épouses.

Après le spectacle, le souper. Le premier soir, c'était à l'Abbaye de Thélème; Cécilia était un peu partie et elle chantait *Viens Poupoule*; je l'accompagnais au piano. Puis, le lendemain, ce fut aux Mille Colonnes: et puis, je ne me rappelle plus : je n'ai pas la mémoire des noms. Chaque soir, deux cavaliers ou deux artilleurs se sont assis en face de nous, dans l'auto, pour nous reconduire ; et quelquefois, Cécilia s'est oubliée jusqu'à baiser sur la bouche son cavalier servant. Je me contentais de serrer la main de l'autre, malgré certaines allusions à mon lit désert où je devais être trop seule...

Cette vie décousue, cette noce, puisque c'est ça la noce, m'amuse énormément. Comme on change ! Je me vois lancée dans ce tourbillon

au sortir du presbytère : cela m'aurait écœurée,
et je me serais enfuie ou bien j'aurais bu du
poison. Et maintenant, cela ne me fait rien ;
au contraire, je me sens heureuse de cet étour-
dissement, de ce plongeon dans le vice et la
rigolade déboutonnée. Quand je vois Cécilia
disparaître dans sa chambre avec un amant,
j'en viens à m'étonner de coucher seule. Bah,
mon tour viendra aussi... Est-ce que je ne suis
pas un peu là pour ça !

J'ai un amant. Il est grand et blond, avec
une petite moustache en croc et un air canaille.
Je ne l'aime pas et cependant je n'éprouve
aucune répulsion ; ses caresses ne me causent
ni plaisir ni dégoût et quand il me tient dans
ses bras, je pense à tout autre chose ; je ne
sais même pas si je pense. Au moment psycho-
logique, je couvre mes seins avec mes mains,
pour qu'il ne me morde pas. Lui, satisfait et
repu, procède ensuite à sa toilette sans même
s'occuper de moi ; puis il s'en va après m'avoir
effleuré la joue d'un baiser froid. Et c'est tout.
On devrait en pleurer si ce n'était risible, et
je ris.

Lui s'appelle Lucien... comme le cocher de

Cécilia. Moi, je suis la « crotte », la petite crotte au chocolat...

Ça s'est fait bêtement. L'autre soir, nous étions au café Riche. Cécilia avait ses nerfs ; moi je n'avais rien du tout et nos compagnons, dont Lucien et le gros de Cère, avaient une légère cuite. On disait des rosseries et des saletés en se moquant des filles qui sirotaient leur champagne aux autres tables.

Vers deux heures, Cécilia affirma qu'elle était vannée.

On rentre. A la porte, les deux hommes insistent pour rester avec nous, prétextant que Cécilia est malade et qu'elle a besoin de soins.

Cécilia proteste mollement ; moi, je ne dis rien. Alors, Lucien me prend par la taille et m'embrasse, puis il demande à Cécilia si, par hasard, elle serait jalouse.

— Ah non, par exemple, j'en suis pas.

— Eh bien alors, nous restons.

Cécilia ne proteste plus et les deux hommes montent avec nous. Dans le salon, on se regarde, un peu gênés. Tout de même, c'est raide.

Mais Lucien brusque les choses.

— Eh bien ! bonsoir, dormez bien... Où est ta chambre, Juju ?

De Cère saisit la balle au bond.

— Oui, c'est ça : allez dormir, les enfants. Moi, je vais soigner Cécilia.

Et ils passent dans le boudoir.

Lucien et moi nous restons seuls dans ma chambre. Il se déshabille aussitôt, et sans vergogne, se promène en chemise et pieds nus. Moi, je trouve ça assez naturel, et je me déshabille aussi, sans honte. C'est épatant ce que je me suis dessalée, pour employer l'expression de Cécilia. Obligeamment, Lucien m'aide à enlever mon corset et mes jupons, puis il me soulève dans ses bras en riant, et me porte sur le lit...

Au matin, il est parti : je dormais encore. Vers dix heures, je m'éveille et je m'étonne : pourquoi est-il parti, comme ça, sans rien dire ?

En m'habillant, je jette les yeux sur la cheminée... Tiens, qu'est-ce que c'est que ces deux louis ? Ce n'est pas moi qui les ai... C'est lui ! Oh ! Un moment, je demeure clouée sur place par la stupéfaction : il me semble que quelque chose d'irréparable vient de se produire, un

déchirement, un effondrement total... Et
pourtant, je n'éprouve ni colère, ni indignation. Je n'ai même pas rougi. Faut-il que je
sois déjà mûre !

Ainsi, il m'a pris pour une fille, pour une
catin, et il a payé... Eh bien ! en y réfléchis-
sant, il a eu raison, ce garçon. Pouvait-il se
douter ? Est-ce que de Cère aurait jamais oublié de laisser un cadeau à Cécilia ? La seule
différence, c'est que de Cère payait cinquante
louis ce qui en coûtait deux à Lucien. Et c'est
encore Lucien qui avait été le mieux partagé.

En somme, je ne suis pas étonnée outre
mesure. Ça devait arriver. Maintenant, je ne
m'étonne plus de rien, et je m'enfonce toujours davantage dans ma fatalité. Ça devait
arriver ! C'était écrit ! A quoi bon lutter contre
l'inéluctable.

Et sans dégoût, j'ai mis les deux louis dans
ma bourse.

Mon amant m'assomme et j'assomme mon
amant. Nous nous sommes dit cela très genti-
ment, l'autre soir, entre deux sorbets, cependant que Cécilia se laissait conter des cochonneries par un grand général en retraite.

J'étais un peu nerveuse et je reprochais à
Lucien de s'occuper trop des dessous d'une
petite théâtreuse assise non loin de nous. En
effet, la fille retroussait ses jupes avec effron-
terie et montrait une jolie jambe encadrée par
la dentelle du pantalon. Lucien en bavait.

Je me moquais de lui et je finis par l'agacer.

— Écoute, la Crotte, tu m'assommes; il ne
te suffit pas d'être un glaçon, il faut encore
que tu sois rasoir. Vrai, tu cumules.

Moi, pour ne pas être en reste, j'arbore le
grand pavois.

— Mon petit, je déposerai ta chemise de
nuit et tes pantoufles chez la concierge... à
moins que tu ne veuilles que je les envoie chez
cette grue...

— C'est bien, au revoir.

— Au revoir ; mes amitiés chez toi.

Et voilà !

Lucien s'en va, après avoir salué Cécilia
d'un signe de main ; la grue le suit presque
aussitôt, et par la porte vitrée, je les vois qui
montent en voiture, sous l'éclat blanc d'une
lampe électrique. Bon voyage !

Dix minutes après, je ne suis plus seule.
Gontran, un ami de Lucien, s'est assis près de

moi et se pose en successeur. Oh ! avec lui,
pas de phrases, pas de détour.

— Juju, on m'a envoyé une caisse de thé de
l'Annam ; viens prendre une tasse demain à
cinq heures... Entendu, pas ?

C'est drôle, tout le monde me tutoie maintenant... et moi, je tutoie aussi, pour faire
comme tout le monde.

— Je veux bien, si Cécilia me donne la liberté.
Demande-lui.

— Mais oui, tout de suite... Eh ! Cécilia,
écoute un peu...

Cécilia quitte avec regret le grand général
qui lui conte des choses très raides, et elle se
tourne vers nous.

— Qu'est ce qu'il y a mes chats ?

— Voilà... j'ai besoin de Juju pour demain
cinq heures. C'est pour choisir des étoffes...
tu comprends.

Cécilia regarde Gontran d'un air malicieux ;
puis, maternelle :

— Mon cher, Juju n'a pas besoin de ma permission pour faire des bêtises.

Et Cécilia retourne aux histoires raides du
général.

7

— Alors, convenu : je t'attends. Tu es un trésor. Juju.

— Puisque tu y tiens. je veux bien, moi.

— Elle est épatante. Encore un sorbet ? Djohn, Djohn, un sorbet... et vite.

— Voilà, voilà.

Ça marche, hein ! Après Chose, Machin... Le petit défilé. la passade... Avec Lucien, ça s'est décollé comme ça s'est emmanché. Avec Gontran. ça finira aussi, entre deux sorbets peut-être, et après Gontran, Chose, Machin, peu importe. En effet, peu importe puisqu'ils payent. Mais il y a la manière. Lucien était presque pauvre, avec ses appointements de sous-chef au Ministère ; Gontran, lui, est riche. Lucien laissait discrètement ses deux louis sur la cheminée. Gontran plonge la main dans sa poche et en tire une poignée de louis qu'il lance sur le lit, après...

Cela ne m'offense même pas, bien que je trouve le procédé un peu... un peu vulgaire. Cependant, je n'ai rien à dire. car certes, il n'en a pas pour son argent, ce pauvre Gontran. et il commence à m'appeler glaçon.

A quand la petite scène, entre les sorbets ?

Cécilia trouve que je deviens trop coquette. Nous venons de nous disputer et elle m'a dit que je m'habillais comme une abonnée du Casino de Paris.

Elle a raison, en effet; j'arbore maintenant des chapeaux presque aussi grands que les siens, des plumes presque aussi longues, des dentelles presque aussi riches et nous avons le même parfum, un mélange d'iris et de peau d'Espagne. Dame, je gagne assez d'argent. Maintenant, on me donne presque autant qu'à elle ; je suis cotée à quinze louis. Et puis, j'ai mes appointements de dame de compagnie, dix louis par mois et le blanchissage. Alors !

Je sens que Cécilia devient jalouse et je crois que nous ne nous accorderons plus bien longtemps. Elle craint que le chef d'état-major, celui qui a la clef de l'appartement, ne se trompe de chambre, un soir. Et puis après ! Qui est-ce qui serait content ?

Depuis quelque temps, la grosse artillerie des financiers au ventre et au sac bedonnants vient beaucoup plus souvent chez Cécilia : à toute heure du jour... ou de la nuit, on peut en rencontrer qui traînent dans le salon ou dans le boudoir. Et Cécilia n'est pas assez cruche

pour croire que ses charmes sont encore
capables d'expliquer cette anormale assiduité.
Aussi me surveille-t-elle ; sans rime ni raison,
elle entre dans ma chambre, et elle nous a
surpris, un soir. Guy de Schalk et moi, dans
une attitude plus que déboutonnée. Mais Guy
de Schalk n'appartient pas encore à la grosse
artillerie. Il sort à peine de la cavalerie légère ;
donc, il est bon pour moi.

D'ailleurs, il n'est pas assez riche pour
briguer la faveur de gravir l'autel, le fameux
autel aux panneaux sculptés.

Il faut que je me mette en quête d'une position, car la rupture ne va guère tarder. On
m'a déjà offert plusieurs entresols meublés
avec voiture au mois et petit groom, mais
j'hésite. Je ne sais pourquoi j'ai tant de répugnance à devenir, comme toutes les autres,
une simple putain. Jusqu'ici, j'ai eu l'excuse
de ma position subalterne auprès de Cécilia...
L'occasion, l'herbe tendre, et je ne sais aussi
quelle veulerie me poussant, j'ai cédé et je
cède encore chaque jour ; mais être semblable à toutes ces demoiselles de chez
Maxim's ou de chez Victor, non cela ne me
dit pas. Je n'éprouve aucun plaisir à la pers-

pective du persil quotidien, dans l'attente du miché. Et puis, le spectre de la carte préfectorale suspendue sur ma tête, un séjour plus ou moins probable à Saint-Lazare, toutes les misères, toutes les turpitudes du « métier »... vrai, ça donne à réfléchir.

Décidément, je crois que je renoncerai aux entresols. J'aime encore mieux le sixième étage ; c'est plus haut, mais c'est moins sale.

Tout cela, évidemment, n'est encore qu'hypothèse. Cécilia ne m'a rien dit qui pût me faire prévoir un prochain changement dans ma position, et cependant, il y a, comme on dit, de l'orage dans l'air.

Et vraiment, cela me préoccupe ; non pas que j'aurais quelques regrets à quitter Cécilia, ah ! Dieu non ! C'est une bonne fille, mais je n'ai pour elle ni amitié ni affection ; pas même du respect. Et l'avenir ne m'effraie pas trop, mais encore faut-il travailler, et je ne sais quoi faire. Les dames de compagnie, les gouvernantes, cela ne me dit plus rien ; c'est en somme toujours la même chose ; on est là pour coucher avec quelqu'un, et on a cent francs par mois. Si je me faisais femme de chambre ? Bah, le titre seul changerait et je ne serais pas plus avancée. Et puis, j'ai pris des goûts raffinés ; il me répugnerait d'être la servante, la chienne d'une madame quelconque, d'une cocotte probablement. Le commerce ? Hélas, je ne connais pas la dactylographie, et je ne saurais jamais vendre un morceau d'étoffe.

Alors quoi ? Je n'en sais rien. Qui vivra verra.

Pour le moment, *statu quo*.

Ce soir, je fais la noce avec une bande de cabots, des camarades de Cécilia.

Lequel couchera dans mon lit ???

La rupture est consommée. De nouveau, la chambre d'hôtel, les garçons bêtes et familiers, la course aux places...

— Joseph, Joseph, mes lettres.

— Y en a point, mam'selle, mais si je peux remplacer, des fois...

J'ai quitté Cécilia hier, après une courte explication. Ça s'est passé sans cris et sans fracas. Cécilia avait arboré son grand air de théâtre et me signifia mon congé avec la condescendance d'une marquise Pompadour.

Depuis plusieurs jours déjà, le chef d'état-

major (celui qui a la chef de l'appartement)
multipliait ses visites. Sous des prétextes bêtes,
il se faisait voiturer dix fois par jour avenue
des Champs-Élysées. Jeanne n'en finissait plus
de lui ouvrir la porte.

— Est-ce que madame est visible ?... j'ai
quelque chose à lui communiquer.

Parfois, Cécilia le recevait sans déguiser sa
mauvaise humeur.

— Que signifient ces visites ? Est-ce que
vous m'espionnez ? Vous savez, mon cher,
que je n'admets pas...

— Oh, mignonne, pouvez-vous penser !...
C'est un collier de perles, vous savez, alors j'ai
pensé, oui, j'ai décidé d'avoir votre avis avant
de vous l'offrir...

Monsieur dévalise les bijoutiers.

Mais Cécilia ne le reçoit pas toujours ;
quand elle est en conférence, dans sa chambre
à coucher, avec quelque représentant de la
grosse artillerie, le bonhomme reste au salon
et il attend. Il attend des heures quelquefois,
étalé au fond d'un divan, les mains croisées
sur le ventre, cependant que Cécilia se perd
en de nombreuses dissertations sur la vanité
des théories de Malthus.

Mais je suis souvent à la maison, et alors, le bonhomme m'accapare ; il resterait toute la journée à bavarder en suçant des boules de gomme, si Cécilia ne venait interrompre nos profondes conversations.

Les premières fois, je ne me doutais de rien ; le vieux venait une fois, deux fois par jour ; il restait un moment au salon, puis Cécilia l'expédiait. Mais peu à peu, ses visites augmentent, et dès le seuil, il me réclame, puisque Cécilia le fait attendre.

Et je ne doute plus, maintenant. Ce n'est pas pour Cécilia qu'il vient si souvent, ce vieux monsieur qui pourrait être mon grand-père ; c'est pour Juju ; pour sa petite Juju chérie.

Il m'apporte des sacs de pralines, des bagues cachées dans un sachet de parfum, des pendants d'oreilles... L'autre jour, il m'a donné une montre, une jolie petite montre toute mignonne, sertie de rubis et d'opales et surmontée d'une agrafe en brillants.

Dès qu'il arrive, il me prend les mains et les caresse avec ses lèvres. Cela me donne un frisson drôle comme si je sentais le contact visqueux d'un mollusque. Puis il s'enhardit ;

ses doigts tremblants me chatouillent en re-
montant le long des bras ; il essaye de deviner
les rondeurs de ma poitrine sous mon corsage. Bref, il me veut.

Je me défends, car, après tout, il est à Cécilia. Mais le moyen de repousser un si grand
personnage qui a plein le dos de sa vieille
maîtresse et qui veut tâter d'un fruit plus vert!
Il offre de m'acheter un petit hôtel rue de
Prony ; il me couvrira de diamants et de soies,
j'aurai des chevaux, des voitures, de l'argent...
et lui par-dessus le marché.

Et je refuse. C'est bête, peut-être, mais je
rêve d'un sixième étage, d'une toute petite
chambre sous les toits, avec des oiseaux et
pas de vieux, en tout cas pas un vieux comme
celui-là.

Cécilia naturellement s'est doutée de quelque
chose. C'est anormal, évidemment, cet empressement du vieux. Et elle a espionné. Moi, je
ne me doutais de rien.

Hier, le vieux arrive vers deux heures.
J'étais en peignoir, au salon, où je lisais le dernier numéro de *Fémina*. Cécilia atteinte d'une
migraine légère faisait la sieste.

On sonne. Jeanne introduit le chef d'état-major. Il est rouge et congestionné et ses mains ont des tremblements plus vifs. Bien sûr, il sort de trop boire. Aussitôt, il s'assied près de moi sans même demander des nouvelles de Cécilia ; il me prend la main et me passe au doigt une ravissante marquise en émeraudes. Il s'anime peu à peu et devient terriblement entreprenant. Je le repousse de mon mieux, mais il semble que la vue de mon peignoir léger sous lequel mes formes s'accusent l'excite davantage.

Et il recommence ses propositions, voitures, chevaux, hôtel, diamants. Je dis non ; je refuse ; je veux réfléchir. Il devient plus pressant ; sa voix est rauque, ses yeux injectés. Il me supplie d'accepter, il me presse d'être à lui toute, sa petite Juju, sa petite Lulu en sucre...

Je me mords les lèvres pour ne pas pouffer ; tout à coup, il se jette sur moi et, me prenant les mains, il m'applique un baiser bruyant sur la nuque.

Au même instant, la porte s'ouvre et Cécilia apparaît. Tableau !

Ah ! la tête du vieux ! Non, ce que j'ai ri.

Cécilia ne semble pas furieuse : elle n'a pas ce masque tragique des héroïnes trompées qu'on sert à l'Ambigu vers onze heures moins dix. Elle se tient droite dans la porte, les yeux sévères et regarde fixement le vieux qui rampe auprès d'elle en suppliant.

— Je vous assure, chère amie, je vous jure que, je proteste...

— Venez.

Et Cécilia l'emmène. Ce qu'elle a dû lui laver la tête ! Elle le garde au moins deux heures dans sa chambre, puis elle le met à la porte. Pendant ce temps, j'avais commencé à ranger mes affaires dans ma malle. De toutes façons, je ne pouvais rester davantage avec Cécilia, même si elle avalait cette pilule-là.

A peine le vieux expédié, Cécilia m'appelle. J'entre avec elle dans son boudoir, un peu émue tout de même. C'est moi qui ouvre le feu.

— Je regrette vivement ce qui s'est passé, mais je n'ai en rien provoqué M. X... D'ailleurs, j'ai refusé toutes ses propositions.

— Je le sais, j'ai entendu et je ne vous reproche rien...

— J'ai l'intention de partir ce soir même.

— Quand vous voudrez... Attendez à demain, plutôt.

— Non, il vaut mieux tout de suite.

— Comme vous voudrez. Je vais vous donner vos appointements.

— Donnez-moi également un certificat ; j'y
tiens beaucoup.

— Volontiers.

Elle m'allonge un rouleau d'or. Outre mes
appointements, Cécilia me fait encore un
royal cadeau. Cela m'émeut plus que je ne
saurais dire.

Assise devant son petit secrétaire, Cécilia
rédige mon certificat ; elle le relit à haute
voix avant de me le donner :

*Je soussignée certifie que Mlle Juliette Au-
déoud a été chez moi de juillet à septembre
190... en qualité de demoiselle de compagnie.
Elle me quitte pour raisons personnelles et
c'est avec regret que je la vois partir.*

Signé : CÉCILIA,
du Vaudeville.

— Voilà. Lucien est à votre disposition
pour transporter vos effets. Vous prendrez le
coupé bleu. Maintenant, adieu. Je ne vous en
veux pas et j'espère que vous n'avez contre
moi aucun sujet de rancune.

Elle me serre la main et je sors. C'est plus fort que moi ; j'ai envie de pleurer.

Il me semble que si Cécilia avait fait la grande scène, si elle avait jeté le cri vengeur : « Traître, tu vas mourir » avec des flots de larmes et des coups de pied aux meubles, j'aurais été moins émue ; mais cette froideur forcée, cette apparente indifférence sous laquelle percent quand même un regret et une souffrance, me retournent le cœur.

A peine dans ma chambre, je sanglote comme une Madeleine, vautrée à plat ventre sur le lit. Ça dure peu, heureusement. Dix minutes après, je fredonne *Viens, Poupoule*. J'empile mes jupons et mes robes dans ma malle ; je serre mes bijoux, je compte mon argent...

J'ai de l'or, cent louis environ. Cela me rassénère. Avec ça, on peut attendre.

J'ai un regret, cependant ; il m'est pénible de quitter cette chambre si gentille ; je ne verrai plus, de ma fenêtre, la course rapide des voitures sur l'avenue, la flânerie des piétons et la verdure. Je retourne à l'hôtel, avec la perspective d'une chambrette morose et malpropre, et.pour horizon, des murs lépreux.

Et cependant, quelque chose tempère mon regret. Cette jolie chambre garde encore le relent de l'homme... des bouts de cigarettes traînent dans la cheminée : le lit me paraît cynique avec ses deux oreillers disposés côte à côte comme chez une femme mariée. Il me semble que la chambre d'hôtel qui m'attend va me purifier ; le lit en sera virginal. Je vais redevenir pure...

C'est fini : ma malle est bouclée; je ne laisse rien derrière moi. Adieu, jolie chambre!

Je sors à pieds ; Lucien m'apportera mes paquets à l'hôtel Racine. J'ai envie d'habiter le quartier latin ; il m'attire, ce quartier ; et puis, cela me changera. Je me réjouis déjà de flâner au Luxembourg, de m'asseoir sur une chaise dure, sous les marronniers et de regarder les enfants jouer, les étudiants faire la cour aux « étudiantes » et les pigeons voler au-dessus de la pièce d'eau.

Et la musique militaire, tous les deux jours ! J'adore les flons-flons des cuivres et je me régalerai.

Ça me changera aussi de l'éternel et agaçant : *Viens, Poupoule*, de Cécilia.

CHAPITRE X

OU L'ON VOIT DES NUAGES S'AMONCELER A L'HORIZON

Août 190...

Je ne me rappelle plus où j'ai lu que « la vie n'est qu'une suite ininterrompue de désagréments consécutifs » ; c'était peut-être bien dans Maupassant. En tout cas, celui qui a écrit ce paradoxe n'était certes pas un auteur gai, et il devait connaître la vie pour en avoir souffert. Il est certain que pour une minute de joie, nous vivons bien des heures d'ennui, et qu'un sourire est payé de bien des larmes ; mais à quoi bon les révoltes et les protestations ! C'est la vie.

Figurez-vous que je regrette Cécilia et les
restaurants de nuit. Eh! oui, je m'ennuie : je
voudrais revoir Lucien, Gaston, tous les gommeux et les crevés que j'ai connus et qui
m'appelaient « la Crotte ». Je m'ennuie !

Dieu, que les journées sont longues ! Et les
nuits ! Je me sens molle et lâche et je cherche
à peine une occupation : rien ne vient. Il n'y
a personne à Paris ; il faut attendre la rentrée,
et j'attends. Et je m'ennuie. Le matin, je fais
la grasse matinée. je m'étire dans mon lit et
je bâille : ou bien je me promène nue, en chemise et en pantoufles, histoire de tuer le temps.
Parfois. je m'amuse à enflammer une demi-
douzaine de peintres qui barbouillent depuis
trois semaines une immense maison, en face
de l'hôtel. Je soulève un coin du rideau et je
leur laisse apercevoir un bout d'épaule, un
profil de gorge moulé sous la dentelle de la
chemise, et je ris de les voir, le nez en l'air,
comme des chiens attendant une femelle.

Les premiers jours de liberté m'avaient gri-
sée et je me levais à l'aube, pour me ballader
dans les rues et les jardins, avec cette idée
épatante que je pouvais aller partout où bon
me semblait sans demander de permission à

personne. Ah! oui, je me moquais bien de
Cécilia alors, et je me réjouissais, je me flat-
tais d'être partie et d'avoir abandonné avec
elle toute sa clique de chercheurs d'amour. Les
jours me semblaient trop courts ; je restais de
longs après-midi à rêvasser sur une chaise, au
Luxembourg et au Parc Monceau ; je me lais-
sais faire la cour par un tas de bonshommes
qui m'offraient Dieu sait quelles merveilles et
que j'envoyais promener d'un : « Laissez-moi
tranquille » sec et tranchant. Le soir, je m'as-
seyais à la terrasse d'un restaurant et tout en
chipotant dans mon assiette, je m'amusais à
observer les couples d'amoureux qui passaient,
enlacés. Et cela me donnait de légers frissons ;
j'avais envie, moi aussi, d'être comme eux,
avec un petit amant qui aurait mon cœur...
Après dîner, je traînais mes pas alanguis
sous l'éclat fulgurant des lustres du boulevard,
inquiète un peu de rencontrer Cécilia; puis,
fatiguée de l'insistance des hommes, je grim-
pais sur l'omnibus pour regagner mon hôtel.
Chaque soir, j'éprouvais une surprise de me
voir seule dans cette chambre étroite et sombre, dans ce grand lit où les oreillers étaient
placés l'un à côté de l'autre. Mais j'aimais

cette solitude et l'autre oreiller ne me gênait
guère.

Peu à peu, l'ennui est venu. Les jours m'ont
semblé plus longs, plus tristes, les soirs moins
lumineux, les nuits plus insupportables.

Et même, j'ai voulu savoir. Oui, j'ai voulu
me rendre compte si la bête réellement parlait en moi ; et j'ai pris un homme, un grand
garçon roux et maigre... C'était un soir, la
semaine dernière ; j'étais au Luxembourg,
avant dîner ; des couples de pigeons picoraient
l'herbe, auprès de moi. Les filles du quartier
latin passaient, insolentes et chercheuses, en
faisant ballotter leur poitrine et leur derrière
dans un déhanchement lassif. Des hommes
allaient par groupes, à petits pas, en causant.

Et voilà que le grand garçon roux et maigre
s'assit près de moi, en lorgnant de mon
côté.

— Il fait vraiment beau, ce soir.

— ???

— Oui, il fait moins chaud. On aura p't'être
un orage cette nuit.

— Ah !

— Voyez, là-bas, comme le ciel s'assombrit,

là-bas, derrière ces arbres... Tenez, voyez-
vous les nuages ?

— ???

— Est-ce que vous avez peur de l'orage,
mademoiselle ?

— Non.

— Et le tonnerre, les éclairs... vrai, ça ne
vous effraye pas ?

— Non.

— Bien sûr, si vous êtes en compagnie. Est-
ce que vous êtes seule, peut-être ?

— Oui.

— Ah... Alors...

Il se rapproche : je ne bouge pas.

— Alors... si vous voulez...

— Quoi donc ?

— Eh bien ! vous ne serez plus seule.

— Tiens, comment ça ?

— Eh bien ! je... je resterai avec vous.

— Pour me défendre de l'orage ?

— Mais oui.

Ça y est. Il est tout contre moi et je sens
son haleine qui me chauffe la nuque. Peste,
il est pressé, le monsieur. Il me tutoie déjà.

— Moi, je m'appelle Isidore, Isidore Leroux ;
et toi ?

Ah ! ah ! Leroux, Isidore... ça se voit; son nom ne lui sert pas d'enseigne, par hasard!

Nous dînons au Coq d'Or, moi, je mange à peine, mais lui ! Dieu, quel gouffre ! Il s'empiffre de choses très fortes, de hors-d'œuvre poivrés et salés et il boit de la bière, deux, trois demis à la file.

Entre deux bouchées, il me raconte son histoire; il est ingénieur et il achève ses études; il habite la province, mais il passe ses vacances à Paris, pour rigoler, tu comprends.

A peine avons-nous pris le café qu'il veut déjà... Ah ! non, pas encore, tout à l'heure.

— Conduis-moi à Marigny.

Il pousse un soupir de regret et nous montons en voiture.

De la lumière, des toilettes, des habits noirs, des chansons sales, une revue bête... Mon provincial, Isidore Leroux, devient de plus en plus ardent et dans la loge que nous occupons, il se passerait de drôles de choses si la lumière s'éteignait tout à coup.

Enfin, le rideau tombe; nous partons.

Isidore Leroux s'extasie sur la beauté de ma chambre; il tate le lit qui pousse un gé-

missement, puis il ferme soigneusement la
porte à clef. Moi, j'éteins la bougie.

Eh bien ! non, ça ne m'a pas réussi. Il faut
croire que je n'ai pas de bête, en moi, puisqu'elle ne parle pas. Le provincial, malgré
son ardeur, m'a laissée aussi froide, aussi in-
sensible qu'un mannequin, et je n'ai pas vi-
bré. Je suis sans doute incapable de vibrer.
Eh bien ! j'aime mieux ça. Au moins, je n'aurai pas trop de regrets.

Et j'ai recommencé mes promenades soli-
taires, mes longues stations sous les arbres des
jardins, mes courses lentes sur les boulevards.

Je m'ennuie. Et voilà le souci qui commence.
Ma bourse devient chaque jour plus légère. Je
ne sais pas économiser et je dépense de l'argent
en folies bêtes. Hier encore, j'ai acheté une
douzaine de gants dont je n'avais nul besoin.
Demain, si l'occasion se présente, je me
payerai une nouvelle ombrelle... Et je n'ai pas
de place en perspective. Je lis le *Supplément*,
le *Journal*, les *Petites-Affiches*... Il faut que
je trouve quelque chose, puisque j'ai dédaigné
les entresols et les petits hôtels.

Sérieusement, je commence à être inquiète.

Il me reste à peine cinq louis et je n'ai pas
d'emploi ; la plupart de mes bijoux ont pris le
chemin du Mont-de-Piété et j'ai vendu les
reconnaissances. Que vais-je devenir ? Je suis
lasse de lire les annonces des journaux et je ne
veux pas d'une place de femme de chambre.
Non, je ne veux pas de cette servitude honteuse, de ce rôle dégradant. J'ai encore une
dignité et je ne pourrais pas me plier aux exigences fantasques et blessantes d'une grosse
bourgeoise bouffie et vaniteuse. C'est bête
peut-être, mais je préfère encore le trottoir à
cette sorte d'entrée en maison close. Car la
plupart du temps, ça n'est ni mieux ni pire.
Quand il n'y a pas un mari amateur de changement, il y a des fils ou des valets et le profit
n'en vaut pas la peine, après tout. Au bordel,
au moins, les femmes gagnent de l'argent et
elles ne torchent pas le derrière malpropre
d'une madame.

Faut vraiment avoir faim et manquer de
tout pour accepter d'être femme de chambre ;
je sais bien qu'il y a des exceptions, mais elles
sont si rares ! Et puis jusqu'à ce qu'on tombe
sur une bonne place, combien de mauvaises
faut-il faire avant ?

Et je me connais. Je ne pourrais pas me refuser. Ça, c'est réglé depuis le coup du grand-duc. Et cependant, ce n'est pas par plaisir, ah Dieu non! Je suis trop lâche, je suis trop bête aussi, et je n'ose pas dire non. C'est ridicule évidemment, mais quoi!

Je suis allée rue Madame chez une bonne femme qui place des gouvernantes à l'étranger. Elle m'a proposé une place à Buenos-Ayres... Justement, un grand seigneur lui demandait une jeune Française, jolie, bien faite, pour deux petites filles. Je conviens tout à fait... Je peux partir quand je voudrais avec le courrier de monsieur qui est venu tout exprès. Je n'ai qu'à me rendre à la gare du Nord demain, je rencontrerai le courrier et nous partirons tout de suite... Les gages sont superbes... C'est oui, n'est-ce pas?

Est-ce intuition, est-ce méfiance, je ne sais ; j'ai flairé un piège. La vieille avait un air louche, un air de maquerelle ; et puis ça m'a paru bizarre, cette coïncidence... « J'ai justement une place magnifique à Buenos-Ayres »... et ce courrier de seigneur argentin qui semble tomber de la lune et qui attend à la gare du Nord.

Naturellement, je me suis abstenue. Sait-on
ce qui peut arriver ? J'ai entendu tant d'histoires effrayantes sur la disparition de jolies
filles tombées comme ça sur une place épatante... à Buenos-Ayres, et qui sont mortes
là-bas, dans l'ignominie d'un lupanar. S'il
faut faire un si long voyage pour en arriver
là, ce n'est vraiment pas la peine de s'expa-
trier.

C'est demain mercredi, je lirai le *Journal*, et
on verra bien. Tout de même, il doit être possible de trouver quelque chose ; il suffit d'un
peu de chance. J'aurai peut-être de la chance
demain.

Va te faire fiche ! C'est à croire qu'il n'y a
plus que des purées à Paris. A peine une ving-
taine d'offres d'emploi et quels emplois ? Quant
aux demandes, il y en a six colonnes. Et des
gens diplômés qui cherchent, des employés
parlant des langues, des professeurs, jusqu'à
des médecins qui feront n'importe quoi... Faut-
il qu'il y ait de la misère tout de même. Dans
la rubrique « Divers », je suis tombée sur une
drôle d'annonce : « Monsieur offre rétribution
à jeune femme distinguée... écrire Myoso-

tis, etc. ». Il n'y a pas d'indication d'activité ;
il faut être distinguée, sans plus. Ma foi, j'ai
écrit. Je suis aussi distinguée que n'importe
qui, et s'il me répond, le monsieur... Mais il
ne répondra pas et mes trois sous sont fichus.
Il recevra trop de lettres de femmes toutes
plus... distinguées les unes que les autres, et
il n'aura certes que l'embarras du choix. Je le
plains si toutes ses correspondantes lui ont
envoyé leur photographie.

Je me suis décidée à insérer aussi une demande dans le *Journal*. Il y a longtemps que
j'aurais dû le faire, mais voilà, je comptais sur
ma chance. Ça m'a coûté cinq francs et j'attends. Dieu, quelle impatience ! Il me semble
que demain ne viendra jamais. Sûr que je ne
vais pas fermer l'œil de toute la nuit. Si j'avais
une réponse, tout de même, oui, une offre même
modeste, quelle joie ! Mais je voudrais une place
dans une famille tranquille et propre, où je
n'aurais pas à subir les assauts lubriques des
amis du maître de la maison ou les amis de
ses amis, car après tout, je veux être gouvernante et non pas bonne à « tout faire ». Je voudrais une place à la campagne, et je me figure
déjà une villa noyée dans un flot de verdure,

toute enguirlandée de glycines et de lierres,
avec des massifs de géraniums rouges dans
les pelouses ; je vois les petits sentiers sablés
se perdant sous la voûte sombre des grands
arbres, une pièce d'eau animée du barbo-
tement des canards, et partout des fleurs,
avec des papillons et des oiseaux... Je vois au
loin la plaine vaste toute frémissante sous la
chaleur du soleil, et le soir, la rentrée des
chars pleins de récoltes, et les voix mélancoliques des paysans qui chantent sur le rythme
lent des bœufs paisibles...

Oh ! oui, comme je voudrais aller à la
campagne, loin de Paris, loin du trottoir
menaçant, loin de la poursuite bestiale des
hommes !

— Mam'selle Juliette, mam'selle Juliette...
— Fichez-moi la paix, je dors.
— C'est une lettre... Y a écrit « urgent » sur
l'enveloppe.
— Une lettre ? Donnez vite.

D'un bond, je suis hors du lit et j'ouvre la
porte. Tant pis, le garçon a vu mes nichons.
Mais je la tiens, ma lettre, ma chère lettre, la
réponse à ma demande.

Ah ! si c'était mon rêve, la villa, les pelouses, la plaine immense...

Je n'arrive pas à déchirer l'enveloppe, tant je suis émue... Vite, je me pelotonne au fond de mon lit pour lire tout à mon aise, pour savourer...

« MADEMOISELLE,

« Mon annonce vous a paru bizarre, n'est-ce pas ? Je vous remercie cependant d'y avoir répondu...

— Zut, ce n'est pas ça... C'est l'autre, le monsieur du *Journal* qui demande une dame distinguée... Ah ! mon rêve !

« ... Avoir répondu. Vous me paraissez remplir les conditions de mon offre et je m'explique.

« Je cherche une amie...

— Allons, encore un. Ils cherchent tous des amies.

« ... Une amie qui soit en même temps ..

— Sa maîtresse évidemment.

« ... Un maître.

— Tiens !

« Je m'explique : depuis mon enfance, j'ai toujours eu la joie d'être soumis à l'autorité d'une femme, d'être son esclave, son jouet, sa chose. Ma nourrice m'a prodigué les fessées ; ma gouvernante, une Anglaise, a su faire de moi un ami, un esclave du fouet, et depuis que j'ai l'âge d'homme, je ne puis plus me passer de l'autorité féminine ; être battu, être bafoué, être cruellement châtié, telle est ma seule passion, bien innocente, n'est-ce pas ?

— Non, mais, est-ce un fou ou un cochon ?

« Voulez-vous être cette amie, ce maître, dur, inflexible, barbare même, qui saura plier ma volonté et ma résistance comme un roseau ? Voulez-vous prendre entre vos mains, que je devine mignonnes, mon âme virile et la broyer ? Voulez-vous fouler ma chair sous vos bottines, faire jaillir mon sang sous vos ongles, arracher par lambeaux ma peau frémissante ?

« Si oui, je suis à vous et vous êtes mon maître. Jamais je ne vous toucherai du bout du doigt ; vous ne serez pas ma maîtresse, au sens que l'on attribue à ce mot. J'ai horreur de l'acte sexuel et je suis vierge sous ce rapport.

« Comment êtes-vous ? Donnez-moi quelques détails. J'aimerai que vous fussiez un peu forte, avec une poitrine opulente. Êtes-vous grande et lourde ? Combien pesez-vous ? Ceci a de l'importance, car il faudra me fouler aux pieds et j'exige un poids considérable. Êtes-vous brune ou blonde ? Avez-vous un caractère autoritaire ?

« Enfin, mademoiselle, mon maître vénéré, voulez-vous accepter mon offre ? Je donne dix louis par mois pour deux séances d'une heure, chaque semaine. En outre, si vous le voulez, je vous offre l'hospitalité chez moi ; vous aurez votre chambre et je serai le très humble esclave qui vous servira.

« Répondez-moi par retour, n'est-ce pas ?

« Je baise la semelle de vos bottines et demeure votre esclave absolu.

« R. X... »

Adresse, Poste Restante, bureau 11.

Eh bien, si je m'attendais à celle-là, par exemple ! C'est raide, tout de même, et ça m'en bouche un coin, comme disait Cécilia. Non, mais faut-il qu'il y ait des hommes sales, quand c'est si simple de faire l'amour.

8.

Pour sûr. je ne suis pas le « maître » qu'il
lui faut, à ce monsieur, et d'ailleurs ça me
dégoûterai trop. Je n'aime pas les monstruo-
sités, moi, et puis je ne suis ni lourde. ni forte
et je ne pourrais l'écraser comme il aime.
Faut chercher ailleurs, mon bonhomme ; il
ne manque pas de grosses femelles autour des
Halles...

Tout de même, vous avouerez que je n'ai
pas de chance !

Je cherche une bonne petite place, bien tranquille, bien calme, dans la verdure, et on
m'offre un métier de bourreau...

Zut, alors ! ! !

CHAPITRE XI

OU L'HORIZON S'OBSCURCIT
DE PLUS EN PLUS

Septembre 190...

Il pleut ; il fait froid, il fait laid. Et je gre-
lotte déjà dans cette vilaine petite chambre
perchée au sixième. Ah ! dame, j'ai dû monter...
je ne pouvais plus payer... le deuxième est
trop cher pour ma bourse.

Et il me reste cent sous. Cent sous ! De quoi
vivre deux jours encore et après...

Dieu, qu'il fait triste, dehors ! La pluie bat
mes fenêtres et dessine des rigoles le long des
vitres ; sur les toits qui bornent la vue, les
girouettes tournent et grincent ; on dirait une
plainte de douleur.

Ma chambre est laide, sale, hideuse... Je n'ai plus rien. Ah ! il y a longtemps que mes bijoux, mes toilettes, mes dentelles ont disparu. Eh il me reste une méchante robe de toile, une paire de bottines déjà éculées et un chapeau fripé...

Que vais-je devenir, mon Dieu ! J'ai eu beau regarder les annonces des journaux, écrire des lettres, chercher partout... Je n'ai rien trouvé et je suis sans le sou.

Vrai, il y a des moments où je regrette Cécilia. J'aurais pu lui écrire, lui emprunter quelques louis; je n'ai pas osé. C'est vrai, je suis trop fière, mais que voulez-vous, ça me fait trop de honte d'étaler ma misère...

Un moment, j'ai pensé à Lucien. Lui, peut-être, m'aurait aidée. N'avais-je pas été sa maîtresse, sa « Crotte adorée » ? J'avais même commencé une lettre... Je l'aurais envoyée à son ministère... Au moment de l'expédier, j'ai reculé ! Je n'ose pas...

Dieu, qu'il fait triste, qu'il fait froid... J'ai faim... Depuis huit jours, je ne vis que d'un peu de pain et de thé... Et encore, l'alcool coûte si cher...

Que vais-je devenir ?

Il a tant plu hier que je n'ai pas mis le nez
à la rue. J'étais lasse, brisée de chagrin, d'ennui
et un peu de faiblesse... Je suis restée au lit et
j'ai essayé d'oublier, en dormant...

Ce matin, le ciel était bleu de nouveau et le
soleil chauffait ma chambre· Je me suis
habillée... Justement c'est mercredi, et je
voulais acheter le *Journal*. Peut-être que cette
fois, j'aurai un peu de chance...

Il fait bon marcher. Je prends le *Journal* dans un kiosque et je me dirige
vers le Luxembourg, afin de le lire à mon
aise.

Les feuilles jaunes déjà tombent des
arbres et forment sur le gravier un tapis
que les ouvriers du jardin balayent à grands
coups. C'est drôle de voir ces feuilles, telles
des papillons lourds, décrire dans l'air des
cercles inhabiles et s'abattre lentement. comme
à regret...

Dans le *Journal*, rien ! J'ai des larmes plein
les yeux et je me sens envahie par un infini
sentiment d'abandon et de détresse. Que faire,
mon Dieu ; que devenir ? Je ne sais pas où
aller, où frapper...

Je ne connais personne, je suis perdue sur

le pavé de la grande ville, je n'ai pas une amie, personne, personne...

Et, soudain, une idée m'est venue. Après tout, pourquoi pas ? Quel besoin ai-je de rester honnête ? A qui cela peut-il profiter ? Qui s'intéresse à ma vertu ? Alors...

J'aurais dû commencer plus tôt... au lieu de souffrir. Puisque je faisais presque le truc chez Cécilia, pourquoi ne pas continuer ? Au moins, je n'aurais pas eu faim, ni froid...

Dieu que j'ai été bête de refuser les entresols et les petits hôtels. C'est ça qui me fait une belle jambe, aujourd'hui ! Et je n'avais qu'à dire oui, qu'à remuer un doigt. Ah ! dinde, triple dinde...

Et zut ! Je ne veux plus penser. La vertu ? Bah ! on peut parler de vertu, d'honneur, de pureté quand on a le nécessaire ; ça n'est pas du tout difficile. Et encore, est-ce que les bourgeois qui parlent de la vertu ne font pas les plus grandes cochonneries, dans les maisons closes ou les cabinets particuliers ?

Est-ce que leurs chastes épouses se refusent le moindre amant, quand elles ne couchent pas avec une amie ou avec un navet ? Ah ! laissez-moi tranquille ! C'est de la façade, du

clinquant, du chi-chi, et au fond, c'est rudement malpropre.

Justement, je remarquais depuis un moment un monsieur bien mis qui passait et
repassait devant moi en tenant un journal à
la main. Encore un bourgeois « honnête »,
un digne « père la Pudeur » probablement.
Je n'avais pas beaucoup prêté d'attention à
son manège, trop chagrinée par la déception
que le *Journal* m'avait causée. Et sans y
prendre garde, les larmes inondaient mon visage... Je ne voyais rien, le monde n'existait
plus... Je souffrais...

Un peu calmée par les sages réflexions qui
venaient de traverser mon esprit, je prêtais
plus d'attention au manège du monsieur. Nos
regards se rencontrèrent. Aussitôt, il fit demi-
tour, et, à pas lents, il s'approcha du banc
où j'étais assise. Puis aussitôt il se plongea
dans la lecture de son journal. Je l'ob-
servai du coin de l'œil ; il pouvait avoir quarante ans ; il était vêtu avec somptuosité, mais
sans goût et de grosses bagues ornaient ses
doigts gras.

Pour l'agacer, je m'amusais à retrousser
ma robe et à découvrir mes chevilles ; ou bien,

cambrant le torse, je faisais bomber ma poitrine ; sous le corsage, mes seins discrètement
chatouillés pointaient, et le bonhomme lor-
gnait de plus en plus sur le bout de mes nichons qui formait une légère proéminence
sous l'étoffe mince.

Au moment où il leva les yeux de dessus
son journal, je lui lançai une œillade ef-
frontée, puis, rassemblant mes jupes, haut
retroussée, je partis, à petits pas en faisant
onduler mes hanches.

Les allées étaient pleines de cris d'oiseaux ;
de gros pigeons voletaient sans crainte autour de vieux messieurs qui leur lançaient
des miettes ; les enfants piaillaient en jouant,
et des nounous plantureuses déballaient des
seins lourds et gonflés sous la rutilance du soleil.

Mon amoureux me suivait à distance,
comme s'il m'eût ignorée ; il allait doucement
regardant à droite et à gauche, très intéressé,
sans doute, par les ébats d'une fillette jouant
au cercle devant lui ; mais ses yeux ne
quittaient pas mes dessous et je sentais son
regard apprécier la rondeur de mes formes,
la finesse de mes chevilles et le retroussis pro-
voquant de ma robe.

Moi, j'allais comme une promeneuse insou-
ciante, le nez en l'air, les hanches lascives,
tenant à deux mains mes jupes, et je passais
ainsi, sans avoir l'air d'y toucher.

Je sortis du jardin, en face de la rue Souf-
flot. Un embarras de voiture me força à demeurer sur le trottoir un instant. Le monsieur hâta le pas et me rejoignit. J'esquissai un
sourire enjôleur auquel il répondit; puis, passant à côté de moi, il me souffla sans s'arrêter:

— Je marche devant ; suivez-moi.

Nous descendîmes la rue Monsieur-le-
Prince. Vers le bas s'ouvrent les couloirs
hospitaliers de plusieurs hôtels borgnes, à côté
du Moulin-Rose.

Mon amoureux entra dans un de ces couloirs et m'attendit. Quand je l'eus rejoint,
il gravit les marches et pénétra dans le bureau de l'hôtel, cependant que je demeurais
sur le palier. Une grosse commère bouffie et
flasque s'avança avec empressement.

— Bonjour, monsieur Jules... une chambre,
n'est-ce pas ? Je vas vous donner le 9, vous
savez, la jolie chambre bleue sur la rue...

Le monsieur acquiesça, plein de condescendance.

— Comme vous voudrez, mère Ploche, comme vous voudrez.

La mère Ploche nous précéda, causant et gesticulant ; son derrière énorme obstruait presque l'étroit escalier. A tout prix, elle voulut ranger elle-même le lit, préparer la toilette, changer l'eau et les linges. Le monsieur la regardait faire, un peu gêné.

Enfin, elle partit. Aussitôt, M. Jules (puisque Jules il y a ferma la porte à double tour et s'avançant vers moi, me renversa la tête ; et ses lèvres se collèrent aux miennes dans un baiser douloureux. Puis il ôta son veston et s'étendit sur le divan.

Je me déshabillai lentement, pour l'exciter.

Ma robe glissa à terre ; mon corsage s'entr'ouvrit, découvrant un coin de gorge ; mon jupon retroussé laissa voir l'ouverture du pantalon et l'anneau satiné de la cuisse entre la dentelles et les bas...

Puis, le corset enlevé libéra ma taille... J'étais en chemise, prête au sacrifice.

— Mets-toi nue toute, je t'en prie.

J'obéis. Un instant après, j'exhibais la splendeur de mon corps jeune aux yeux épatés de M. Jules. Il me contempla un moment, en

connaisseur. Je m'étais approchée du divan
sur lequel il reposait et, serrée contre lui, j'essayais de le griser sous la caresse profonde du
baiser. Il me tenait dans une étreinte forte et
ses mains douces palpaient les chairs de mes
cuisses, mes seins fermes et durs, mon ventre
aux lignes pures. Tout à coup, il se souleva,
et tirant un paquet de ficelles de sa poche, il
me le tendis.

— Sais-tu sauter à la corde ? Tiens, saute...
comme une petite fille.

Je pris le jouet et je me mis à sauter, tantôt
sur un pied, tantôt sur l'autre. A chaque
bond, mes seins secoués ballottaient, et cela
semblait l'exciter étrangement. Désireuse d'en
finir, je sautais de plus en plus fort, je balan-
çais ma poitrine pour agiter mes seins, j'écar-
tais violemment les jambes, découvrant mes
charmes les plus secrets.

— Encore, encore.

Il était rouge et congestionné et ses pau-
pières battaient ; ses doigts gras se crispaient
sur l'étoffe du divan et son corps, soulevé par
le désir, avait des mouvements brusques.

J'étais un peu lasse et j'allais m'arrêter lorsqu'il se leva d'un bond et, me prenant à pleins

bras, il me jeta sur le lit en couvrant mes seins
de baisers...

Lorsque tout fut consommé, il sortit un
louis de sa poche et me le tendit.

— Quand tu voudras, je suis tous les jours
au Luxembourg. Au revoir, Bichette. Et il
s'en alla.

Une heure après, j'étais de nouveau au
deuxième étage de mon hôtel. Ce n'était pas
plus difficile que ça. Quelques minutes de
« travail », d'embêtement plutôt, et cela suffisait pour me faire vivre plusieurs jours.

Ah bien, les filles ont joliment tort de ne
pas faire l'amour plutôt que de se tuer à travailler pour 2 ou 3 francs par jour. Mais voilà,
les trois quarts de celles qui « aiment » se font
trop remarquer par leur allure, leur toilette
ou leur dévergondage, et c'est pour cela
qu'elles n'ont pas de succès.

Moi, je n'y connais pas grand'chose, mais
je suis sûre que les hommes aiment mieux
faire l'amour avec une fille qui ne s'affiche pas
comme telle qu'avec ces femmes trop peintes,
trop débauchées, trop putains en un mot, qui
prennent la rue pour un bordel.

Le monsieur a peur du souteneur et il en

voit toujours un derrière les filles en cheveux ;
j'entends le « monsieur » qui casque, le « miché » ; les autres, les amis, ça ne compte pas.

Et voilà : je retournerai demain au Luxembourg...

Je ne suis plus seule : j'ai des amies, des collègues si vous voulez. Ah ! elles ont vite connu
que je faisais le truc, moi aussi, et elles ne se
gênent pas avec moi. Nous passons beaucoup
de temps dans un petit café, rue Vaugirard,
tout près de l'Odéon ; c'est là notre quartier
général, notre lieu de rendez-vous. Le matin,
il n'y a personne. Toutes ces demoiselles se
lèvent à midi ; dès deux heures, le café s'em-
plit ; on joue aux cartes, aux dames, au ja-
quet ; on boit du café noir et on fume des
cigarettes. De temps en temps, l'une ou l'autre
sort pour « voir si y a moyen » et elle rentre
au bout de dix minutes, jurant que tous les
lapins ont la queue gelée de ce temps-ci.

Chose curieuse, il ne vient point d'hommes
dans notre café. Quelquefois, un « ami » de
ces dames frappe contre les carreaux. Alors, ce
sont des cris :

—Jeanne, Raymonde, va voir, c'est ton mec.

La fille sort, donne des sous au type, et rentre. Il faut croire que c'est un principe de la maison... « Pas d'hommes », sur l'air du *Petit Duc*.

Les premiers jours, je dus subir l'assaut de toutes ces dames et satisfaire des curiosités insatiables. Elles s'extasiaient :

— Alors, bien vrai, vous avez été chez un grand-duc, un vrai grand-duc ? C'te blague !

Je dus montrer mon certificat pour convaincre les plus incrédules. Et on voulait savoir si « ça » me disait, si « j'y allais de mon voyage » à chaque coup. Ah ! j'en ai appris de belles, depuis quelques jours. Ce qui m'étonne, c'est que toutes ces femmes ont, comme moi, une répulsion, un dégoût de l'étreinte ; plus souvent qu'elles jouissent ! Mais elles font semblant, pour que le miché ne crie pas et soit généreux.

— Faut bien lui donner l'illusion, au moins, pas vrai !

Toutes ces dames attendent avec une foi naïve la venue du prince Charmant qui les comblera d'or, de diamants et de perles, qui les vêtira de brocarts et de soies, qui leur bâtira un palais magnifique en marbre et en porphyre et qu'elles aimeront, naturellement...

Mais ce prince-là doit être rudement occupé
par ailleurs, car il se fait attendre, et déjà
plusieurs des soupirantes qui guettent sa venue
au petit café ont passé l'âge de plaire. Qu'importe, quand on a la foi !

Deux de mes « collègues » m'ont prise en
amitié, deux antithèses extraordinaires qui
sont inséparables ; on dit qu'elles s'aiment
plus que platoniquement et c'est peut-être vrai.
Mais bah ! dans cette société, c'est de la monnaie courante et on désigne déjà « l'amant »
qui m'aimera.

Louisa est grande, grosse, rousse et très
bête. Cléo, par contre, est presque naine,
mince comme une anguille, noire partout,
mais d'une intelligence très vive. On les appelle quelquefois Porthos et Aramis, par comparaison.

Toutes deux semblent s'adorer et elles se
baisent sur la bouche à chaque instant ;
quand Louisa est un peu grise, ce qui d'ailleurs lui arrive fréquemment, elle prend Cléo
dans ses bras, la berce ainsi qu'un bébé et lui
donne son gros nichon à téter. C'est d'un
drôle.

Toutes deux ont décidé de faire mon éducation, et je suis en train d'apprendre l'argot.

Ah ! ce ne sont pas les conseils qui me
manquent et je deviens de jour en jour plus
experte dans l'art de « donner de l'illusion »
contre monnaie sonnante. Ça n'est pas bien
difficile, mais il y a la manière. J'apprends
encore à exiger beaucoup en donnant peu : je
me sens des instincts de rapacité naturelle qui
me rendent moins odieux les marchandages.

J'en suis arrivée à faire casquer ses deux louis
à M. Jules. Je saute un peu plus longtemps à
la corde, voilà tout.

Mais je me sens partagée entre deux craintes,
entre deux malheurs qui m'apparaissent
comme des catastrophes devant naturellement
troubler la quiétude bestiale où je suis plon-
gée : l'homme, le mec et la carte...

J'ai une peur horrible du mec... Je lis
chaque jour les journaux et chaque jour, on
ne voit qu'apaches armés de couteaux, sai-
gnant les filles... Déjà plusieurs individus en
casquette m'ont accostée rue de Buci, avec des
intentions manifestement provoquantes ; je
n'ose plus rester dehors, la nuit, et je rentre
de bonne heure... Je ferme ma porte à double

tour, je pousse le verrou et seulement alors,
je me sens un peu rassurée...

Mais c'est un cauchemar qui me poursuit
jusque dans mes rêves où dansent en rond,
avec des grimaces affreuses, toute une bande
de souteneurs débraillés, le couteau entre les
dents...

Il faut que ça finisse... j'ai trop peur. Je
vais déménager... j'irai cohabiter avec une
« collègue », avec « l'amant » qu'on m'a dési-
gné... Je n'y gagnerai rien en vertu, au
contraire, mais au moins je n'aurai plus
peur...

Telle une autre épée de Damoclès suspendue sur ma tête, il y a encore la carte... Oh !
cette carte, les agents, le dépôt, Saint-Lazare...
Quand j'y pense, j'ai un frisson dans le dos et
je blêmis au récit des rafles sauvages qui
chassent les filles en un troupeau affolé, dans
les serres des flics... Puis le Dépôt, l'ignoble
entassement, le pêle-mêle écœurant des
ivrognes, des hystériques en proie aux crises,
des sadiques en mal d'aimer...

Et le panier à salade cahotique avec son
inévitable garde, la prison noire, lugubre,
triste à mourir, les travaux déprimants et mo-

notones sous l'œil dur des sœurs en cor-
nettes...

Ah! tout, tout plutôt que cette horrible déchéance.

J'ai acheté du sublimé et j'en porte toujours
quelques paquets sur moi... Si jamais je suis
arrêtée...

En attendant. la vie s'écoule, le temps passe
et les jours se suivent... C'est toujours la même
chose... les longues matinées au lit, à rêvasser. puis les stations au Luxembourg, les promenades à petits pas sur le boulevard Saint-
Germain ou au Boul' Mich', les tasses de café
sirotées en jouant aux cartes, et deux ou trois
fois le petit « travail » à l'hôtel... Je me laisse
aller. J'ai de l'argent maintenant; tous les
jours, je fais au moins un louis : je me suis
bien nippée... robes tailleur. jupons de soie,
mantille en dentelles. chapeaux à longues
plumes...

Si seulement, il n'y avait pas Saint-Lazare
et les mecs...

Je ne veux plus demeurer au lit, par les
longues matinées... J'ai trop de chagrin...

Depuis quelques jours. je suis en proie à

une affreuse tristesse, à la honte du présent, au regret du passé…

Ah! le presbytère. Dès que je m'éveille, alors que le soleil pénètre à flots d'or dans ma chambre, je revois la maison entourée de glycines, les grands marronniers dont les branches feuillues s'avançaient avec un air protecteur, les prairies, la rivière, l'horizon montagneux, les grands bois pleins de silence…

Je revois mon petit jardin, mes fleurs, mes pigeons et les canards de la pièce d'eau…

Je revois, sur les routes blanches, la bonne figure bien connue des vieux paysans qui saluaient mon père en levant leur casquette :

— Bien le bonjour, M'sieu le pasteur…

Mon père… ma mère… le cimetière…

Tout cela est si loin, si loin. Sous l'herbe touffue, ils reposent, mon père, ma mère, et les ramiers roucoulent dans les ifs, au-dessus de leur tombe… L'herbe pousse, folle et sans bride…

Personne n'apporte des fleurs, personne ne vient prier auprès d'eux… Seuls, les oiseaux se souviennent…

Ils sont là, abandonnés sous la dalle froide, mon père, ma mère, et moi, moi, je suis une

fille, une putain... Ah! papa, maman, pourquoi êtes-vous morts, pourquoi m'avez-vous
laissée?...

Oh! comme je voudrais retourner au presbytère, quitter tout. ce Paris odieux, cette vie
de honte et de lâcheté! Comme je voudrais
rentrer à la maison, et retrouver mon père,
ma mère... Il me semble qu'un grand voile
s'est abattu sur ma vie depuis un temps et
qu'il a tout assombri, tout noyé sous ses
loques noires... Mais il va se dissiper, il va
disparaître et je me retrouverai là-bas, au
presbytère, pure encore, entre mon père et ma
mère, avec du bonheur et de la joie... Oui,
tout cela n'était qu'un mauvais rêve, le grand-
duc, Cécilia, les hôtels du Quartier latin...
J'ai eu des cauchemars, évidemment, mais je
vais m'éveiller, je vais revivre, chez nous, au
presbytère, où le ciel est si beau, où les fleurs
embaument davantage, où les oiseaux chantent plus joyeusement... Je vais m'éveiller, je
vais vivre, enfin, après cet affreux rêve...

. . . .

... Hélas, pourquoi ces souvenirs, pourquoi
ces regrets. Qu'ai-je encore à espérer? Rien ..
Je suis une fille, une fille...

Allons hue, la fille, la putain ! Traîne tes
chiffons parfumés sur les trottoirs, fais tres-
sauter tes nichons pour aguicher les hommes ;
lance des œillades, provoque, invite, offre-toi
toute, ta bouche, tes yeux, tes seins, ton
corps...

Donne tes flancs au baiser luxurieux des
mâles ; courbe-toi sous les étreintes viriles qui
fécondent les pures, mais qui te laissent sté-
rile et indifférente ; excite les passions louches
des sadiques, satisfais les vieux paillards au
contact voluptueux de tes lèvres, fouette, danse,
saute, bois, saoule-toi d'orgies, de boue et de
saletés ; puis, tends la main, putain, tends ta
main encore humide des passagères ablutions ;
touche ton salaire, le prix de ton corps souillé,
la rançon de ton avilissement ; tends la main...
Tiens, cent sous, un louis... Comment ! Pas
assez ? Eh ! va donc, putain... fous le camp
ou sinon, la police...

CHAPITRE XII

OU L'ON VOIT DES RÉFLEXIONS SALUTAIRES
CONDUIRE A UN GRAND CHANGEMENT

Octobre 190...

J'entre demain à l'hôpital de la Charité. Oh,
non pas que je sois malade... Je vais travailler. Oui, je suis engagée comme fille de
salle depuis deux jours et je commence
demain.

Enfin, je vais travailler, je vais gagner ma
vie honnêtement, sans faire la « noce ». Ça
me paraît tellement drôle ! Ne plus compter
sur le bon plaisir des hommes, ne plus subir
leur contact hideux, ne plus entendre leurs
mensonges...

Ah ! je sens un tel soulagement ! C'est

comme une délivrance, comme une résurrec-
tion... Je vais travailler.

Que m'importe la dureté du métier, les
fatigues que je subirai ! Au moins, j'aurai la
paix de l'âme, la satisfaction du labeur accompli dans cette maison de souffrances. Et quelle
joie de contribuer un peu à soulager la douleur, quelle joie de se dévouer, malgré la fatigue
et les besognes répugnantes.

Ah ! il est bien loin, mon orgueil... Quand
je pense que je ne voulais pas être femme de
chambre, ni bonne à tout faire... Et puis,
qu'ai-je fait, sinon tomber jusque dans la
boue.

Mais c'est fini ; je me relève, je redresse la
tête, je redeviens une femme après avoir été
une fille...

C'est Louisa qui est cause de ce changement.
Il y a une quinzaine, elle a eu le malheur —
ou la chance — de tomber, étant ivre, et de
se casser une jambe. Transportée à l'hôpital,
on lui a remis sa jambe, elle en a au moins
pour quatre semaines encore.

Je suis allée la voir presque tous les jours,
cette pauvre Louisa, et c'est en passant devant
la loge du gardien de l'hôpital que j'ai vu une

pancarte indiquant qu'on demandait des filles
de salle. Alors, j'ai eu aussitôt l'idée de m'offrir. J'ai dû présenter à l'économe mon acte
de naissance et mes certificats, entre autres
celui de bonne vie et mœurs, oh ironie !

Après quelques jours d'attente, on m'a fait
savoir que j'étais agréée et que je devais commencer mon service le 20, à six heures du
matin ; conditions : 30 francs par mois, nourriture et logement obligatoire à l'hôpital, etc.
Suivait sur la lettre de convocation toute
une nomenclature de défenses et d'interdic-
tions... Défense de rentrer après dix heures
du soir, sauf cas spéciaux exigeant la remise
d'une permission, défense de tenir des propos
inconvenants, défense d'entretenir des relations avec les infirmiers, défense d'amener
des hommes dans les dortoirs, et patati et
patata ; il y en avait comme ça au moins deux
pages. Ah ! on peut être tranquille ; ce n'est
pas moi qui amènerai des hommes dans les
dortoirs ou qui entretiendrai des relations avec
les infirmiers. Pour ça, j'en ai soupé !

Ce que je languis ! Jamais cette journée ne
finira ; le temps me dure. Ce soir, je vais me
coucher de très bonne heure pour être fraîche

et bien reposée demain, mais je suis sûre que
je ne dormirai pas.

Cette vie nouvelle m'attire et je n'éprouve
pas d'effroi du changement. Au contraire, avec
quelle joie je romps tous les liens qui m'atta-
chent à la vie de débauche que j'ai subie depuis
mon départ de chez Cécilia. C'est fini, bien
fini... Plus de parties de cartes au petit café,
plus de conversations sales avec les « collègues », plus de promenades au Luxembourg,
et surtout, ah ! surtout plus de « travail » dans
les hôtels borgnes de la rue Monsieur-le-
Prince...

Je vais travailler, demain... Et chaque soir,
après le dîner, je ferai quelques pas sur les
quais pour prendre l'air, puis je rentrerai bien
sagement, toute seule, dans le dortoir, et je
dormirai d'un somme jusqu'au matin, jusqu'à l'heure de descendre pour recommencer
le travail, le bon, le sain travail.

Et j'aime déjà les malades ; je me les figure
enfouis dans le linge blanc, le bonnet de coton
tiré sur les oreilles, et regardant les allées et
venues des infirmières, des étudiants et des
docteurs. J'en vois de vieux tout courbés, avec
des cheveux blancs et de petites voix douces,

qui geignent quelquefois comme des enfants contrariés. Tout ce monde, ce sera mon domaine, ma famille, mes enfants ; je sens s'éveiller en moi tous les instincts de maternité qui couvent et que je dépenserai à pleines mains pour mes malades.

Oui, grands enfants que je vais voir, oui, je vous soignerai bien, j'aurai pour vous toutes les attentions, tous les sourires, toutes les caresses. Vous verrez, vous verrez, elle va vous aimer tout de suite et elle vous dorlottera, et vous serez bien sages et vous l'aimerez bien aussi, n'est-ce pas, la fille de salle, l'ancienne putain?...

Ouf, la journée est finie ; je suis lasse ; mes reins me font un peu mal, par défaut d'habitude, mais je suis si contente.

Il est dix heures. Quelques camarades ronflent déjà dans le grand dortoir où s'alignent vingt lits ; à côté, dans les autres pièces, on entend des voix, les conversations des infirmières qui rentrent et qui babillent un peu avant de s'endormir. Au-dessous, l'hôpital tout entier repose, plongé dans la demi-obscurité des veilleuses. Il monte une grande paix

des salles pleines de souffrance, une sorte
d'apaisement après les douleurs lancinantes
de la journée. Au delà, la grande ville bour-
donne sourdement, dans le frôlement gigantesque du peuple, et, par endroits, des lueurs
plus intenses indiquent l'emplacement des
lieux de plaisir où la foule se rue. Il fait bon,
il fait doux ; le grand calme m'endort.

Ah ! cette première journée ! Dès six heures,
j'attendais à la porte de l'hôpital. Des gens
passaient, à pas rapides, pressés par l'heure.
Quand la porte s'ouvrit, cela me fit l'effet
d'une chute dans un inconnu délicieux. N'étais-
je pas un peu comme le pécheur qui attend à
la porte du Paradis et qui entre enfin dans le
séjour éternel du bonheur parfait.

Le gardien me conduisit aussitôt à la salle
Rayer où j'étais affectée ; la plupart des malades dormaient encore ; d'autres s'étiraient en
bâillant.

Pierre, le garçon, me prit de suite sous sa
haute direction, en attendant la surveillante.

— Ah, c'est toi, la nouvelle. Tiens, v'la ta
blouse et ton tablier : passe-les par-dessus tes
frusques. Tu t'arrangeras demain.

Je fus prête en un tour de main. A l'autre

bout de la salle, un malade, le bras en l'air, criait sur un ton chantant :

— Le bassin s'y ou plaît, le bassin s'y ou plaît...

Et ce fut mon début : j'apportai le bassin et je le repris après usage ; ça devait me porter bonheur bien sûr. Cependant, je n'allai pas jusqu'à mettre les pieds dans la... chose pour activer la vertu du spécifique.

A sept heures, la surveillante arriva. C'est une petite femme maigre, un peu anguleuse, mais très douce; on l'appelle Mlle Marguerite et elle est Suissesse. Les malades semblent l'aimer beaucoup.

Puis vint l'heure du déjeuner ; à un coup de cloche, ce fut un bruit de pas lourds dans les escaliers et des théories d'infirmiers et d'infirmières en blouses et en tabliers blancs qui se dirigeaient vers le réfectoire, portant leur couvert à la main.

Comme ordinaire, du café au lait et du pain. Jamais le café ne me parut si bon et le pain si appétissant : mes nouveaux camarades, les hommes surtout, me regardaient curieusement. Je tremblais que l'un d'eux me reconnût et m'ait vue, alors que je faisais le « truc au

Quartier ». Mais personne ne bougea. J'étais une figure nouvelle, voilà tout.

Les infirmières et les filles de salle placées sur un côté des longues tables causaient fort et riaient en disant des bêtises. Ah ! sûr qu'on en devait entendre de raides ; du temps des sœurs, c'était du bon Dieu qu'on parlait, et maintenant, c'est du bon diable, du bon petit diable qui engrosse les femmes et qui fait faire tant de folies aux hommes.

A tout prendre, l'un vaut l'autre, puisque les extrêmes se touchent.

Ici tout se fait au signal. C'est à croire que la cloche est à mécanique. Un quart d'heure pour déjeuner... Bing, bing, boum, sortez ! Midi. . Bing, bouffez... Six heures... Bing, Boum... mangez...

La matinée passa rapidement ; Mlle Marguerite me parlait avec douceur... Faites ceci, faites cela... et jamais un mot d'impatience malgré les exigences parfois excessives des malades ; je dus balayer la salle, avec Pierre, épousseter partout, nettoyer les longues tables, changer les draps de deux ou trois vieux bonshommes qui s'étaient oubliés dans leur lit...

Vers neuf heures, le chef de service entra, suivi des étudiants, pour faire sa visite. Les externes travaillaient déjà depuis longtemps, auscultant celui-ci, pansant celui-là, analysant des urines, préparant des instruments...

Le père Boche... Ah! le bon vieux, ah! l'excellent homme... Un peu gros, très grand, avec une belle tête blanche de diplomate du dix-huitième siècle; il s'arrêtait devant chaque lit et avait une parole d'amitié et d'encouragement pour tous les malades.

— Eh bien, mon petit, voyons ce bobo... Mais ce n'est rien, ce n'est rien du tout... On va te racommoder ça.., tu vas voir... Tu voudrais te lever, sortir, t'en aller? Ah ça, est-ce que tu n'es pas bien chez nous, est-ce qu'on te soigne mal?... Allons, mon gros, un peu de patience, encore quelques jours et tu pourras t'en aller... Oui, au revoir, au revoir.

Et caressant le malade, le père Boche rebordait lui-même les couvertures, et passait au suivant, avec son bon sourire et sa grosse voix douce qui donnait de la confiance et qui calmait les plus désespérés, ainsi que le rayon de soleil ranime la fleur meurtrie par l'orage...

La foule des étudiants suivait le professeur,

et écoutait religieusement ses dissertations sa-
vantes. Moi, armée d'une cuvette pleine d'eau
antiseptique, je marchais derrière, pour que
le professeur pût se laver les mains après
chaque station. Et chaque fois qu'il plongeait
ses mains dans l'eau bleutée par le sublimé, le
père Boche m'adressait un sourire ou un mot
drôle...

— Alors, c'est vous, la nouvelle... Eh bien !
faites comme le nègre.

Et comme je le regardais, interloquée :

— Mais oui, faites comme le nègre, continuez, ah, ah, ah... Et il riait en me pinçant
le menton.

Parmi les étudiants, j'en remarquai un tout
de suite... C'était un grand garçon très brun,
un Méridional ; une barbe de fleuve noire et
brillante encadrait son visage, et ses cheveux
longs et bouclés lui faisaient une auréole on-
duleuse... Son visage aux traits fins était d'un
ovale pur, son teint mat et ses yeux, ses yeux
très grands, semblaient deux abîmes profonds, bordés de longs cils...

Dieu, qu'il était joli... Il me plut tout de
suite. Lui, bien sûr, ne faisait pas attention à
moi. Est-ce qu'on regarde une fille de salle ?

Mais moi je l'admirai comme un objet rare
et beau et dans mon admiration n'entrait aucun sentiment bas, aucun désir, aucune ar-
rière-pensée ; il était pour moi comme ces
toiles splendides, au Salon, que l'on regarde
avec plaisir parce que c'est la Beauté, la Force
et la Grâce...

Il suivait les explications du professeur avec
une attention que rien n'aurait pu distraire et
quelquefois, revenant vers le malade examiné,
il le questionnait encore, minutieusement,
ardent à s'instruire.

Et voilà qu'après avoir palpé un jeune
homme atteint d'orchite, il s'avança vers moi,
pour se laver les mains, et nos regards se croi-
sèrent.

Je sentis aussitôt un grand trouble et je dus
rougir, bêtement, sans savoir pourquoi. Lui
aussi paraissait gêné ; une teinte rosée envahit
son front blanc, l'espace d'une seconde. Vite,
il s'essuya les mains et me rendit la serviette
en balbutiant d'une voix très basse un peu
timide : « merci, mademoiselle ».

Vers dix heures et demie, la visite prit fin
et le père Boche s'en alla après avoir serré
vigoureusement les mains de la surveillante ;

les étudiants l'avaient suivi et il n'y avait plus
que nous, Pierre, Mlle Marguerite et les externes, dans la salle. La plupart des malades
valides étaient descendus, en savate et en ca-
pote bleue, dans le jardin ; les autres lisaient
les journaux apportés par une vieille femme.

Et je ne sais pourquoi mon regard avait
cherché le regard du joli brun, au moment où
il s'en allait ; lui, il s'était retourné et m'avait
fait un petit signe de tête, comme pour dire :
au revoir, à demain...

Après le déjeuner, Pierre, qui se reposait un
instant sur un brancard inoccupé, me ques-
tionna tel un juge d'instruction.

Vrai, il lui en fallait des explications, et je
m'amusais à le faire marcher en lui contant
que j'étais fille d'une comtesse étrangère,
venue à Paris pour me dévouer au service des
malades, et un tas d'autres bourdes plus
grosses les unes que les autres. Pierre avalait
tout, comme du pain frais. A la fin, les voi-
sins qui s'amusaient beaucoup des mines
ahuries de Pierre surenchérirent encore et il
s'aperçut pourtant qu'on se payait sa tête. Mais
lui, en gros paysan qu'il était, n'en demeura
pas moins convaincu que j'étais un phéno-

mène et son respect pour moi m'évita la cor-
vée de vider les bassins.

L'après-midi se passa en nettoyages. Vers
le soir, un malade qui souffrait beaucoup,
présenta les signes d'une agonie prochaine et
l'interne vint l'examiner plusieurs fois. Cela
me fit un effet drôle, de voir cet homme qui
allait mourir. Je me disais : Il a peut-être des
amis, des parents, une vieille mère. Mais le
pauvre ne parlait plus déjà et personne ne vint
le voir. On l'emporta, mort, pendant le dîner,
et quand je revins, le lit était vide.

Une chose m'amusa énormément ; deux
fois par jour, il fallait prendre la température
des malades et marquer le chiffre donné sur
le tableau fixé à la tête de chaque lit. Pierre
avait pris la température du matin, mais ce
soin allait m'incomber à l'avenir et il me
montra comment faire. Dans un verre plein
de sublimé trempaient une demi-douzaine de
thermomètres. Pierre s'approchait de chaque
lit, et tendait un instrument au malade.

— Tiens, fourre-toi ça dans le... derrière.

Puis, quelques minutes après, il reprenait
l'instrument et consultait l'échelle. Quand le

malade n'avait pas la température normale,
Pierre se fâchait.

— Non mais, monsieur a donc des rentes
pour se payer la fièvre, quoi !

Les malades se tordaient, naturellement.

Avec moi, ils n'osaient pas trop plaisanter,
et gardaient une certaine réserve. Dame,
j'étais encore trop nouvelle : ils se gênaient.

Après le dîner, la journée est finie , c'est
au tour du veilleur à prendre son service et
les infirmiers sont libres jusqu'à dix heures.

Ce fut une débandade de tout le personnel
empressé à quitter pour quelques instants
l'atmosphère triste de l'hôpital : à sept heures,
il n'y avait plus dans le vaste établissement
que quelques vieilles, revenues des erreurs de
ce monde ou des mélancoliques comme moi,
trop heureuses encore de pouvoir se recueillir
un peu en envisageant l'avenir.

Et l'avenir m'apparaît souriant : je me vois,
vivant une, deux années ici, comme simple
fille de salle, puis, montant en grade, arriver
infirmière, puis surveillante, puis... Et peut-
être trouverais-je un gentil petit mari, pendant ce temps... Nous vivrons bien modeste-
ment en réunissant nos forces et nous nous

aimerons... Eh! peut-être aurons-nous des
enfants... Moi, je veux une petite fille d'abord
et puis après, peut-être un garçon, mais ça ne
me dit rien, les garçons... Et, nous resterons
toujours à l'hôpital, jusqu'à la retraite, jusqu'au grand repos...

Suis-je bête, hein, de rêvasser ces choses!
Comme si tout pouvait marcher selon nos désirs... Ah! ce serait trop beau. Je me contente
du présent. Le présent seul importe... Fini,
le passé... disparu! L'avenir? A quoi bon se
faire du mauvais sang. Aujourd'hui, il fait
jour... Demain aussi, il fera jour. Alors, pro-
fitons du jour d'aujourd'hui.

C'est drôle... Parmi les tableaux ou sombres
ou amusants qui ont défilé devant mes yeux
durant cette journée, un seul persiste à m'as-
saillir... Je l'ai constamment devant mes prunelles, je le vois et j'ai une émotion singulière
à me souvenir... Oui, je revois le joli brun,
l'étudiant, dont les yeux noirs, immenses et
profonds se sont rivés sur les miens; je revois
cet ovale pur, ce teint mat, presque transpa-
rent, cette barbe aux reflets d'acier et cette
allure souple, élégante, presque féminine...

Ah! joli brun, joli brun...

Les premiers jours, j'ai été bien fatiguée; le soir, en me couchant, j'avais des courbatures par tout le corps ; mes pieds un peu serrés dans mes bottines me faisaient souffrir... Dame, il fallait être debout presque tout le temps... Et puis, parfois les malades sont agaçants, et quand on n'est pas encore habituée...

Mais maintenant, ça va mieux ; je connais le service, je me débrouille et la journée passe sans qu'on s'en aperçoive, tant il est vrai que les heures semblent trop courtes, quand on travaille ; et puis, chaque jour, il y a de l'imprévu, du nouveau ; les visages changent constamment ; il y a un va-et-vient incessant, des malades qui s'en vont, d'autres qui arrivent.

Parfois, on apporte quelqu'un sur une civière et trop souvent, hélas, on emporte des morts. Et cela me produit à chaque coup un effet bizarre, comme si l'on emmenait quelqu'un des miens, un ami, une connaissance... Cependant, la mort ne m'effraye plus et je suis souvent étonnée de voir comme c'est simple, comme c'est banal de mourir. Vous avez un malade, vous lui parlez, vous plaisantez même avec lui... Les jours passent et le

malade est toujours là : puis un beau soir, il
ne vous reconnaît plus... il est inerte, il
semble plongé dans un rêve, et voilà qu'il
passe. tout seul, sans rien dire. comme s'il
voulait taire le secret du départ final... On
l'emporte. Un autre prend sa place dans le
lit, vide un instant, et c'est fini... Encore un
cadavre à l'amphithéâtre...

Mais il n'en est pas toujours ainsi, et dans
certains cas, c'est avec soulagement qu'on voit
la mort apaiser les traits crispés d'un visage
de souffrant, et détendre des membres con-
tractés par la douloureuse agonie...

J'ai un ami, le n° 24... C'est un ingénieur,
M. Charles, qui est dans le service depuis bien
des mois... Il est paralysé de tout le côté
gauche. Il est bien gentil, M. Charles, toujours
content. toujours souriant, sans jamais une
plainte ou un reproche...

Il m'a accordé sa confiance et c'est moi qui
prépare sa petite cuisine de malade ; autrement
dit, j'ai l'honneur de ranger les innombrables
boîtes et paquets qui arrivent constamment
pour lui. Car on vient beaucoup le voir,
M. Charles : il a des amis à n'en plus finir et
chacun apporte quelque chose... des biscuits,

des fruits, des gâteaux. des œufs, enfin rien
que des bonnes affaires.

Il vient même une dame, une dame très
belle et très élégante, encore jeune, et qui
semble aimer beaucoup M. Charles. Elle arrive toujours seule et l'embrasse longuement,
puis elle le caresse et tient sa main valide
entre les siennes; mais si quelque autre visite
vient, la dame s'esquive aussitôt, comme
troublée par l'intrusion...

C'est peut-être bien sa sœur ou plutôt son...
amie... D'ailleurs. cela ne me regarde pas.

Le lit 24 est placé tout près du bureau de
Mlle Marguerite la surveillante ; aussi, quand
nous avons un moment de répit, ce sont de
longues conversations à trois, dans la paix de
l'immense salle. M. Charles a beaucoup voyagé
et il nous conte ses pérégrinations à travers le
monde, ses aventures sur le Nil. ses chasses
dans l'Inde et le Thibet, les dangers qu'il
courut en Chine. enfin des histoires très inté-
ressantes.

Puis, quand il est fatigué, je le borde dans
son lit ; Mlle Marguerite le fait boire et il s'as-
soupit tranquillement. Alors, nous causons
moins haut. nous faisons moins de bruit pour

ne pas le troubler : et si des malades entrent
ou sortent trop bruyamment. nous lançons des
« chut » énergiques et des regards courroucés.

Mais mon amitié pour M. Charles ne m'em-
pêche pas, hélas, d'avoir des yeux et de regarder de plus en plus le joli brun, Georges.

Il s'appelle Georges. Mon Dieu, qu'il est
joli, qu'il est beau, qu'il est distingué !

Il arrive chaque matin vers neuf heures, un
peu avant le professeur, et je l'attends avec
une telle impatience... Il me salue chaque fois
d'un signe amical...

— Bonjour, M'selle Juliette, ça va bien ?

— Mais oui. M'sieur Georges, merci.

Et me voilà heureuse... je ne sais pourquoi,
par exemple. Tant que dure la visite du professeur, Georges ne m'adresse pas un sourire,
pas même un regard, bien que je sois presque
constamment derrière lui avec ma cuvette de
sublimé.

Quelquefois, il s'arrête pour causer avec la
surveillante et cela me froisse. Pourquoi
cause-t-il à la surveillante ?

Cependant, il ne quitte jamais la salle sans
me dire :

— A demain, M'selle Juliette.

Et dès qu'il a refermé la porte, il me semble que je suis seule, seule et perdue au milieu d'un grand désert. Tout est triste, tout est laid autour de moi... Le soleil s'en est allé, il fait gris, il fait froid...

Peu à peu, pourtant, cette désagréable impression diminue et je redeviens moi. Mais j'attends demain avec une telle impatience, à présent... Il me semble que les soirées sont trop longues, que les nuits ne finiront pas.

Et, dès huit heures, je guette la porte de la salle, j'attends Georges, je le désire, je le souhaite comme une délivrance...

Et sitôt qu'il est là, le soleil est entré avec lui : il y a un éblouissement dans la salle, une rutilance d'or et de feux, un chatoiement d'étincelles...

Georges est là... Georges me regarde et je m'abandonne, suffoquée d'émotion, je me plonge, je me perds, je sombre toute dans l'infinie profondeur de ses yeux noirs...

Est-ce que je serais amoureuse de Georges, par hasard ? Ah bien, il ne me manque plus que cela ! Moi qui n'ai jamais été amoureuse, qui n'ai jamais aimé un homme...

Non, il faut que je me reprenne. Tout cela, c'est de l'enfantillage, de l'imagination...

Georges est trop beau. Il doit faire cette impression sur toutes les femmes et vraiment, toutes les femmes ne sont pas amoureuses de lui.

Est-ce que Mlle Marguerite est amoureuse, elle ? Allons donc.

Mais oui. c'est de l'imagination... Je me rappelle avoir lu des romans anglais où le héros personnifiait la beauté masculine suprême et j'éprouvai pour mon héros une sympathie assez semblable à celle que j'éprouve pour Georges. Cependant, à cette époque, j'ignorais encore le geste de l'amour. Depuis j'ai appris à le connaître, ce geste ; j'ai même été payée pour cela et c'est ce qui m'a dégoûté de l'amour. D'ailleurs, je n'en puis guère parler, puisque je n'ai pas aimé.

Quant à M. Georges. c'est sa beauté, c'est sa grâce. c'est toute cette poésie qui émane de lui qui ont un peu troublé ma cervelle de romanesque. C'est ça, parbleu, je suis trop impressionnée par le beau. et je prends pour du sentiment ce qui n'est que de l'admiration.

Est-ce qu'on devient amoureuse d'un beau

marbre ou d'une toile très belle ? Eh bien,
pour Georges, c'est la même chose. Lui, c'est
un marbre animé, un marbre splendide qui
parle, qui marche et qui étudie la médecine...

— Allons, Juliette, ma petite, pas de blague,
hein ! Tu es fille de salle, eh bien ! fais ton
service, balaye, nettoye, borde les lits, prépare
les pansements, enfin, travaille, et ne t'occupe
pas des jeunes messieurs trop beaux, qui peut-
être ont l'âme bien laide.

CHAPITRE XIII

OU L'ON VOIT L'AMOUR FAIRE UNE MASSEUSE (LE CONTRAIRE SE PRODUIT PLUS SOUVENT, JE L'AVOUE) ET CE QU'IL EN ADVIENT.

Décembre 190...

Notre service déborde de monde. Il y a tant de malades qu'on ne sait plus où les mettre et les salles sont encombrées. Chez nous, salle Rayer, la file de brancards disposés entre les deux rangées de lits s'est doublée et pas un coin n'est inoccupé.

Le travail a augmenté naturellement, et nous sommes surmenées ; Pierre ne dérage pas du matin au soir, mais il accomplit des tours de force. Mlle Marguerite tousse beau-

coup et cela me peine ; elle a si peu de santé,
la pauvre.

Moi, je tombe de fatigue. le soir, mais quand
même, je suis bien contente. Je me porte bien
et après une nuit de sommeil, je suis de nouveau fraîche et vaillante.

Il fait un froid ! Hier, le thermomètre mar-
quait — 16°, ce qui est rare à cette époque de
l'année. Mais dans nos salles, il fait chaud.
il fait bon. Les malades se terrent au fond de
leur lit et on voit qu'ils sont heureux de
n'être pas dehors. Aussi les demandes de
sorties sont-elles rares.

On nous amène chaque jour des pauvres
vieux tout blêmes et transis, des malheureux
sans gîte et sans pain, ramassés dans les
rues où le froid, la misère, l'âge les ont terras-
sés. Ah ! les pauvres bougres.

Quand on les a bien lavés, qu'ils ont revêtu
une chemise propre et qu'ils entrent dans leur
lit, la plupart pleurent d'attendrissement
devant cette béatitude d'être au chaud, de
n'avoir plus froid, plus faim et de dormir ..
Et ça fait pitié de soigner leurs misères, des
plaies affreuses, des asthmes chroniques qui les
suffoquent, des rhumatismes qui les tordent...

11

Et pour les garder, pour n'être point obligé
de les jeter de nouveau à la rue, au froid, à
la faim, à la mort, on évacue ceux qui ont
un domicile et dont la maladie n'est pas dan-
gereuse. Et chaque jour, il en vient d'autres,
des vieux tout blancs, avec des pauvres yeux
pitoyables que la détresse a voilés, des jeunes,
hâves, maigres, qui crachent le sang et dont
la vie s'en va un peu à chaque accès de toux.

Dans les autres salles, dans les autres hôpi-
taux, c'est la même chose. Il fait si froid, il
y a tant de misère... Vaut mieux crever à
l'hôpital que dans le ruisseau, pas vrai ! Et
les pauvres ruines viennent, implorent pour
qu'on les garde jusqu'à la fin, pour qu'on
soulage un peu les souffrances d'une longue
vie de misère en échange de leur corps voué
au scalpel des étudiants...

Et ils n'en jouissent pas longtemps de ce
repos, de cette paix de l'hôpital ; ils ont trop
souffert, ils sont trop usés, ils sont finis et ils
passent... La grande faucheuse, jalouse encore
de leur pauvre bonheur, les emporte trop
vite et ils s'alignent sur les tables de marbre,
froids et rigides, dans l'attente du coup de couteau, sous les regards indifférents ou gouail-

leurs des carabins qui fument des cigarettes pour ne point sentir l'odeur de misère
qu'ils ont gardée.

C'est la vie ! D'un côté, l'abondance, le trop
plein, qui font se gonfler les ventres, s'épais-
sir les membres, se boursoufler les chairs...
D'un côté, l'infâme gaspillage, le jeu, la noce
et le reste...

D'un côté, la rapacité, l'accaparement,
l'égoïsme féroce...

Et de l'autre, les figures pâles, les yeux en-
foncés, les joues creuses, les bouches voraces,
les poitrines sanglantes, les ventres affamés,
les corps maigres, les mains avidement ten-
dues dans le vide...

De l'autre côté, le froid, la faim, le désespoir...

De l'autre côté, l'épouvante du présent, l'horreur du passé, l'effrayante interrogation de
l'avenir, la nuit sans gîte, le jour sans repos,
les haillons, la saleté, les sergents de ville, la
prison...

Au bout, la mort ! Ah ! malheur ! ! !

Comme je comprends ceux qui saisissent
un surin et qui tuent !

Comme j'excuse ceux qui volent, ceux qui
cambriolent, ceux qui détroussent !

De quel droit les uns ont-ils trop et les autres rien ?

A-t-il plus le droit de vivre, celui-là qui pète dans sa graisse, qui s'étale lourdement sur son bien-être, que celui-ci qui crève de besoin au coin d'une borne ?...

Il me semble que je deviens une révoltée, moi aussi. C'est vrai, pourtant, cette monstrueuse inégalité... Et c'est là, à l'hôpital, qu'on voit, qu'on se rend compte qu'il y a trop d'injustice, trop de disproportion.

Entre eux, les pauvres vieux, ils parlent de chambardement, de révolution sociale, d'anarchie et en les écoutant, je me surprends à approuver du menton leurs haines terribles contre cette société dont ils font partie et qui ne veut pas d'eux.

Il y en a un, le père Plumeau, un tout petit vieux ratatiné et malingre, qui est terrible. Sitôt que la surveillante quitte la salle pour un instant, il se dresse sur son lit et se met à chanter d'une voix enrouée, en appuyant sur les mots :

Si tu veux être heureux, nom de Dieu,
Pends ton propriétaire...

Et tous les autres vieux reprennent en
chœur ; les « nom de Dieu » éclatent sous la
haute voûte de la salle où jadis les sœurs mur-
muraient leurs *Ave*.

Pauvres vieux, pauvres déchets !...

Depuis deux jours, Georges ne vient pas et
je suis malheureuse. Georges est en vacances,
pendant les fêtes de Noël. Il rentre à l'hôpital
le 2 janvier seulement. Comment vais-je passer
tout ce temps sans le voir ? Est-ce vraiment
possible que je vive loin de lui ! J'attends sa
lettre, sa première avec une telle impatience.

Ah ! il s'est passé des choses, depuis deux
mois ! Nous nous aimons. Oui, Georges m'aime ;
il me l'a dit. Et moi, moi, je l'adore, il est
mon soleil, mon idole, mon tout...

Ah ! l'amour ! Quand on ignore qu'on aime
et qu'on est aimée, comme la vie est froide et
grise. Et dès qu'on se connaît, c'est un embrasement magique, une illumination de l'âme,
qui revêt toutes choses de charmes et de splendeur.

Georges m'aime. Moi, je ne savais pas, je ne
réfléchissais pas... Ces sentiments que j'éprouvais, je ne les analysais pas, et voilà que la petite

fleur bleue a poussé, sans qu'on s'en doute...

Les premiers temps, j'avais un réel plaisir à voir Georges, et si parfois il arrivait en retard, mes yeux, involontairement, fixaient la porte sans cesse.

Puis, peu à peu, j'en vins à souhaiter sa venue, à la désirer comme un bonheur, et de le voir, cela me mettait du soleil dans l'âme pour toute la journée. Mes nuits se remplissaient de visions tendres où Georges occupait une grande place. Enfin, mon esprit ne fut bientôt plus occupé que de lui ; partout sans cesse, son image chère se dressait à mes côtés, son nom me montait aux lèvres dans un soupir, le son doux de sa voix résonnait à mes oreilles ainsi qu'une musique très belle entendue jadis et dont les motifs se sont gravés dans la mémoire...

Je ne vivais plus que par lui et voilà comment je connus que je l'aimais.

Lui, tout d'abord, demeurait froid et réservé. Entre nous, il n'y avait que de banales salutations... Bonjour, m'sieur Georges... Bonjour, mam'selle Juliette... et rien de plus...

Mais bientôt, ses yeux, ses grands yeux noirs se fixèrent sur les miens avec plus de bienveil-

lance et d'intérêt... Sa voix devint plus tendre ;
nous eûmes quelques brèves conversations
pendant que je tenais la cuvette et qu'il se
lavait les mains... Puis, des impressions s'échan-
gèrent, des demi-confidences furent dévoilées
et cela mit entre nous une plus grande intimité,
de la confiance... Alors, vinrent les poignées
de mains furtives et cet échange muet nous
incita à la caresse...

Et un matin, l'ayant rencontré dans le ves-
tibule, un même instinct nous jeta dans les
bras l'un de l'autre pour le premier baiser. Ce
fut tellement spontané, tellement impulsif
que nous demeurâmes interdits, presque honteux, bouleversés par la révélation. Et depuis,
nous cherchâmes les occasions de causer sans
témoins, de nous voir seul à seul, pour goûter
encore l'énivrante émotion du baiser...

Et ce fut l'apothéose... Georges me demanda
de venir chez lui un soir. J'attendais son invi-
tation et je fus, avant l'heure, folle de bonheur.

Ah ! cette étreinte, dès le seuil... A peine la
porte fut-elle ouverte que nous nous précipi-
tions, lèvres contre lèvres, éperdus, fous,
suffoqués par l'immense joie...

Et puis, la dînette enfantine, le thé bu à

petits coups entre deux baisers, et après, le
grand hymne d'amour, pur encore... Mais
nous étions trop ardents, trop fiévreux l'un
et l'autre. Et Georges me dévêtit avec des
gestes gauches, nouant maladroitement les
cordons du corset. dégrafant les boucles, arra-
chant les boutons, dans son impatience...

Alors, ce fut, dans le petit lit blanc, cette
chose merveilleuse et sublime... Dans ses bras.
je connus enfin la grande volupté, le spasme
vibrant et terrible qui surpasse la vie... Dans
ses bras. je fus l'amante neuve et affolée qui
s'ignore et tout disparut pour moi ; la terre
sombra, les souvenirs s'évanouirent et je
gravis l'immortel, le sublime calvaire nimbé
de roses qui conduit aux paradis inexplorés
de la volupté triomphante...

Georges, à mes côtés, se pelotonnait comme
un petit enfant, anéanti de bonheur. Sa main
douce caressait mes seins et nous étions si
bien l'un à l'autre que le monde entier nous
paraissait trop petit pour contenir toute
l'ivresse de cet amour.

Et alors, il me donna sa foi et nous fîmes
des serments solennels. Désormais nous étions
un et pour toujours...

Aucune loi, aucun obstacle ne saurait nous séparer. L'éternité engloutirait nos deux âmes réunies dans le même embrassement, lorsque l'heure du glas sonnerait pour nous, lorsque la tombe s'ouvrirait pour sceller notre immortelle union...

Et après, l'ivresse grandit ; chaque soir, c'était un nouvel acheminement vers le Ciel, dans la possession définitive de notre être. Aucun bonheur ne dépassait le nôtre, aucune félicité n'était supérieure à celle que nous enfantions dans le petit lit blanc, où nos corps se crispaient sous la morsure affolante de l'étreinte.

Les jours, les semaines ont passé trop rapides, et le rêve dure encore, toujours.

Georges est parti, et je suis seule, mais nos souvenirs se dressent et nous soutiennent ; encore huit jours de longue attente et l'apothéose réapparaîtra avec son cortège d'ivresses et de voluptés...

Huit jours de chagrin... Bah ! N'avons-nous pas l'éternité ? J'attends sa lettre, sa première, et c'est encore du bonheur que j'attends...

Mon Georges, mon petit soleil, mon amant !

11.

Georges est peiné de me voir travailler tant.
Il se plaint d'être pauvre et de ne pouvoir me
donner la possibilité de cesser un travail pénible.

En effet, je me sens fatiguée et il y a des
jours où vraiment je n'en puis plus. Mais que
faire ; il faut bien vivre, et jamais, jamais, je
ne retournerai au petit café de la rue Vaugirard. Georges ne le voudrait pas et puis, je ne
m'en sens pas le droit, puisque j'ai Georges.

Cependant, il y a un moyen de me libérer
du pénible service que j'ai voulu, et Georges
exige que j'obéisse. Moi, je veux bien, d'autant
plus que je ne suis pas capable de résister aux
désirs de mon adoré.

Georges veut m'apprendre le massage. C'est
vrai que les masseuses peuvent gagner beaucoup d'argent, surtout si elles sont adroites,
douces et vaillantes. Georges compte sur son
professeur qui me donnera des malades, et je
commence demain mon petit apprentissage.
Cela me sourit tout à fait, car je serai plus
libre, et surtout, surtout, je n'habiterai plus
l'hôpital. Georges a déjà formé un grand projet:
il achètera un beau lit pour nous deux et nous
vivrons ensemble, chez nous, petit mari, petite

femme... Et nous escomptons déjà les longues nuits d'amour! Jusqu'à présent, il fallait se quitter trop tôt pour n'être pas en retard, à l'hôpital, car c'est une mauvaise note.
Mais dorénavant, plus de chaînes, plus de
règlement... Toute la nuit dans les bras l'un de
l'autre, et le matin, la grasse matinée, après
les étreintes épuisantes...

Comme ça va être bon, de s'aimer ainsi ! Je
gagnerai beaucoup d'argent, je m'habillerai
bien et nous mangerons de bonnes choses, des
bons petits plats que je sais faire et que mon
Georget adore.

Car je commence à en avoir assez, de la cuisine de l'hôpital ; tous les jours, à midi et le
soir, du bœuf, et cela ne varie pas ; du bœuf
sous toutes les formes, à toutes les sauces,
mais du bœuf quand même, et puis, des rata-
touilles impossibles où nagent quelques
croûtes dans un liquide sans goût et sans couleur... Vrai, pas de danger qu'on engraisse, à
ce régime !

Nous serons chez nous, dans nos meubles !
Je danse, je saute, je gambade, tant j'ai de
plaisir à cette idée. Ah ! vous verrez comme je
saurai faire aller mon petit ménage, comme

tout sera propre et brillant : pas un grain de
poussière, nulle part ; des carpettes sur le
plancher, de jolis rideaux aux fenêtres, le lit
bien arrangé, toutes choses en place...Et j'aurai un chat, un joli petit chat angora pour
égayer, ou bien des oiseaux, quelques serins.
Peut-être, si je gagne beaucoup, louerai-je un
piano ; je sais encore un peu tapoter... Ah !
comme ça va être gentil, nous trois, Georges,
moi et le chat !

Vrai, je suis une élève étonnante ! Georges
me montre une fois et je sais tout de suite ;
j'apprends des termes techniques, pour épa-
ter mes clientes, plus tard ; ainsi, je connais
déjà le nom de la plupart des muscles, le
grand dorsal, l'extenseur, le fémoral, et bien
d'autres encore.

Naturellement, j'étudie sur les malades,
sans qu'on se doute. Il y a pas mal de vieux
rhumatisants et de vieux décrépis dans le service, et je masse, je masse de tout mon cœur,
des ventres, des cuisses, des gorges, des esto-
macs... J'ai les poignets solides et je m'en
donne ! Les malades sont tous épatés...

Nous avons décidé que je quitterai l'hôpital

à la fin du mois, donc dans quinze jours,
et je commencerai tout de suite à travailler chez nous... Georges a déjà trouvé deux
ou trois vieilles dames qui ont des crampes ;
à 3 francs la séance, c'est déjà quelque
chose ; plus tard, quand j'aurai une clientèle, j'augmenterai mes prix ; pour commencer, il ne faut pas être trop exigeante, n'est-ce
pas ?

Je languis de partir. Il me semble que nous
allons commencer une vie nouvelle, après un
long esclavage, une vie libre et facile, pleine
de joies et d'amour... Je bâtis un tas de pro-
jets, des escapades à la campagne, le dimanche,
des parties au théâtre ou au concert, une ou
deux fois la semaine, et pendant les vacances,
des voyages en Suisse...

Et mais oui, en Suisse, rien que ça, comme
les riches... On y vit très bien en Suisse, et
pas cher, quand on sait s'arranger...

Ainsi, je connais un petit endroit, tout près
du lac de Genève, où nous vivrons très bien
en dépensant moins qu'à Paris... Vingt francs
de chambre, deux francs par jour pour la
nourriture. En tout, cent francs par mois
pour nous trois ; car il est évident que nous

emporterons le chat ; on ne pourrait pas le laisser tout seul, pas vrai !

Je vois déjà d'ici cette vie de coq en pâte, au bord du lac bleu où les voiles des barques semblent les ailes blanches de monstrueux oiseaux : je vois la verdure des prés, les champs fauves, les grands arbres feuillus, les petites maisons blanches cachées sous le voile mauve des glycines, et le ciel d'azur qui s'abaisse sur l'horizon des cimes et des pics des Alpes voisines...

Puis, après cette détente dans l'air pur et calme de la campagne, le retour à Paris, la vie fiévreuse et remplie, les malades qui affluent, l'argent qui coule en un flot continu, la richesse prochaine, l'aisance, le bien-être, la vie bonne et large, avec mon Georget, mon petit... Et lui, l'adoré, devenant docteur, s'installant à son tour, comblé de succès, connu, célèbre, décoré... Et toujours ensemble, nous deux, petit mari, petite femme, nous aimant mieux encore, liés l'un à l'autre par les souvenirs, le travail et l'amour...

Oh ! oui, je languis de quitter l'hôpital !

C'est fait, je suis installée, je suis chez moi.

J'ai deux clientes qui viennent et une autre
que je soigne chez elle. Et maintenant, je puis
jouir de la vie, avec mon Georges ; je gagne et
j'ai des économies... oh, pas beaucoup : trois
cents francs, mais cela ajouté à ce que Gorges
reçoit, nous sommes presque riches, puisque
je travaille.

Ça a été si gentil, cette installation... Mais,
j'ai eu du mal à quitter l'hôpital ; l'économe
me cherchait un tas d'histoires pour m'obli-
ger à rester et il ne voulait pas me payer, prétextant que je n'avais pas donné un congé ré-
gulier. J'ai crié, j'ai fait du pétard, et finale-
ment, il a cédé. Mlle Marguerite a été peinée
de me voir partir et elle m'a reproché de l'abandonner. M. Charles, lui aussi, m'a fait des
reproches, mais il est si bon... En me serrant
la main, il m'a donné un louis, le pauvre
homme. J'étais vraiment touchée. Il est doux
de penser qu'on laisse derrière soi des sympa-
thies et des regrets ; ça vous relève le cœur et
on se sent tout de même moins seule dans le
vaste univers.

Alors, les courses ont commencé...

D'abord, il fallait chercher une gentille
chambre avec une petite cuisine et nous avons

grimpé un tas d'escaliers... Enfin, après bien
des hésitations, j'ai trouvé mon rêve, une
grande pièce, haute de plafond, largement
éclairée, donnant sur la rue, avec une petite
cuisine attenante. C'est rue Saint-André-des-
Arts, au 27; la maison est vieille, mais c'est
propre, c'est soigné comme dans les grands
quartiers.

Nous avons emménagé aussitôt... Le lit,
très large, avec des sculptures dans le bois et
des appliques de bronze, occupe un angle de
la chambre; puis, l'armoire à glace, en face,
et la commode et le lavabo...

J'ai acheté, à la place Clichy, un grand tapis
qui couvre les trois quarts du plancher, et la
peau de chien que possédait Georges sert de
descente de lit... Avec cela, des rideaux en
dentelle, des tentures en velours jaune, un ciel
de lit en cretonne, une grande glace dans son
cadre doré, un divan, deux fauteuils et des
chaises complètent notre mobilier ; c'est gentil comme tout ! Jamais je n'aurais espéré pos-
séder tant de choses. Et pour orner, j'ai fait
un tas de jolis nœuds en rubans liberty, qui
encadrent nos œuvres d'art, quelques eaux-
fortes et des estampes genre ancien.

Georges a placé ses livres dans une petite bibliothèque près d'une fenêtre et sa table de travail occupe de biais un angle de la pièce.

Le divan que j'ai choisi très moelleux et surtout assez grand servira pour mes clientes.

La cuisine a été facilement installée : quelques casseroles, une douzaine d'assiettes, des tasses, des verres, des couverts, une lampe à alcool, le balai et la pelle, et c'est tout.

Et puis, j'ai fait faire une belle plaque en simili marbre noir, avec des lettres d'or :

Mademoiselle JULIETTE

Masseuse

et au milieu, une grande croix rouge. Elle fait très bien, ma plaque, sur la porte cochère, et je la regarde chaque fois que je passe.

L'après-midi, Georges est toujours absent, et c'est ce moment que j'ai choisi pour recevoir mes malades.

J'en ai deux, chez moi, pour l'instant ; d'abord, une vieille dame très dévote qui a des douleurs dans les jambes. Je lui masse les cuisses et les mollets pendant une heure ; c'est un peu fatigant et pas très esthétique... l'autre,

une femme de trente ans, brune et noire
comme une Espagnole, et dont les seins tombent comme des outres dégonflées ; il faut
leur redonner un peu de fermeté et je m'emploie à cette besogne de réparation, sans grand
succès d'ailleurs. Sous la pression calculée de
mes mains, ses nichons ballottent alternativement de côté et d'autre comme une masse
gélatineuse prête à fondre. C'est laid. Qu'est-
ce qu'elle dirait ma cliente si elle voyait mes
nichons, mes petits seins durs et fermes
comme des pommes, et dont le bout se dresse
raide et orgueilleux !

Et ce n'est pas tout : ma cliente, la brune, a
une drôle de manie ; quand le massage de ses
seins est terminé, elle se tourne, relève ses
jupes et me demande de lui administrer quelques vigoureuses claques sur les fesses.

J'obéis, naturellement, mais ça me gêne un
peu. Qu'est ce que ça peut bien lui faire les
claques sur le derrière !... Et elle a l'air de
prendre plaisir à cette fessée, ma cliente : elle
se trémousse, elle se tortille en soupirant et
elle réclame, elle insiste... « Encore, encore,
plus fort... » Puis, tout à coup, elle ferme les
yeux, se tourne sur le côté et reste ainsi quel-

ques instants, comme anéantie. Vrai, on dirait
qu'elle vient de faire l'amour, qu'elle a joui.
Ça me dégoûte, je l'avoue, mais bah ; si je
refuse, elle ira ailleurs et je perdrai trois
francs.

Et puis, elle est gentille ; elle promet de
m'envoyer des clientes, des amies à elle qui
sont un peu bizarres, un peu exigeantes, mais
qui paient bien, au moins cinq francs, dix
peut-être. Seulement, je devrais leur obéir et
faire tout ce qu'elles voudront... Voilà !

Dame, pourvu qu'elles ne me violent pas
et qu'elles paient, c'est tout ce que je demande ;
il ne faut pas être trop difficile, n'est-ce pas ? et
je sais bien que le métier de masseuse comporte des surprises. Enfin, il faudra voir.

Pour l'instant, tout va pour le mieux dans
le meilleur des mondes ; j'ai un joli chez moi,
j'ai un petit amant qui m'aime et que j'adore,
je gagne de l'argent, je suis libre, que me faut-
il de plus ?

Ah ! ils sont bien loin, le grand-duc, Cécilia et le petit café de la rue Vaugirard !

CHAPITRE XIV

OU L'ON VOIT DES VIEUX MESSIEURS LIRE LES PETITES ANNONCES DES JOURNAUX ET UNE MASSEUSE CHERCHER LE SUCCÈS DE SON ART AUPRÈS DU PETIT DIEU ÉROS

Juin 190..

Il y a bien, bien longtemps que nous n'avons causé ensemble, n'est ce pas. petit journal ? Depuis des mois. tu dors au fond d'un tiroir, oublié ; Juliette est trop heureuse, sans doute, elle ne pense plus à son petit confident depuis que Georges est entré dans sa vie...

Eh bien ! petit journal, tu as tort: Juliette pense toujours à son ami des bons et des mauvais jours, mais elle a des embêtements, Juliette, elle a des soucis, et tu comprends...

C'est vrai, aussi, rien ne va. Depuis quinze jours, je n'ai pas vu un chien de client; je ne gagne plus rien; l'autre mois, j'ai fait quarante francs en tout, et il faut vivre cependant. Georges ne sait rien ; je lui cache mes ennuis, car il se ferait du mauvais sang, le chérubin, et moi je ne veux pas. Je tâche de faire aller mon ménage, au petit bonheur, mais j'ai bien de la peine quelquefois et je ne sais pas comment ça finira si je ne travaille plus.

Les premiers temps, j'avais eu de la chance, plusieurs bonnes clientes qui payaient largement ; mais elles sont parties à la campagne. et depuis, je n'ai eu que de loin en loin un massage insignifiant. Et cependant, on dit partout que les masseuses sont très courues, très demandées. Pourquoi donc ne vient-on pas chez moi? Je suis pourtant bien consciencieuse, je connais bien mon affaire et puis, je suis jeune, presque jolie, très aimable avec les clientes...

C'est du guignon, tout de même ! Moi qui croyais être enfin tranquille, voilà que tout craque. Je n'ose demander du crédit chez le

boucher et le boulanger, car j'ai peur de ne
pouvoir payer. Ce n'est pas l'argent que
Georges reçoit qui peut suffire pour nous deux
et si je ne gagne plus rien, comment allons-
nous faire?

Dieu, que c'est assommant, à la fin! Est-ce
que je vais être obligée de retourner à l'hôpital? Moi qui m'habituais si bien à cette vie de
liberté, avec mon Georget. Comment faire? Je
n'ose penser au petit café de la rue Vaugirard...

Ah! j'aurais trop de honte, s'il fallait m'y
résigner, et puis, comment pourrais-je encore
tendre mon front au baiser de Georges? Comment pourrais-je reposer sans rougir dans ses
bras, comment oserais-je plonger encore mes
yeux dans ses yeux? Est-ce que cela ne tuera
pas d'un seul coup notre grand, notre merveilleux amour?

Et vivre sans Georges, non, c'est impossible... j'aime mieux la mort!

Dieu, que je suis donc embêtée!

Je viens de quitter Louisa, au petit café où
elle m'a entraînée... Je suis encore toute étour-
die, toute honteuse de ce qui m'arrive. Est-ce
bête!

Où sont mes résolutions ? J'avais juré que jamais je ne remettrais les pieds au petit café de la rue Vaugirard, et voilà que j'en sors, bien décidée à tenter à nouveau le désir des mâles, mais dans un autre genre...

C'est vrai, aussi, tout va si mal chez nous ! C'est la misère presque, en tout cas, la grande gêne. Je ne gagne plus rien. Depuis un grand mois, tout le monde a quitté Paris. Il n'y a plus que les purotins, les pannés comme nous. Et il fait une chaleur ! Ah, pas de danger qu'un chien de client rentre avant l'automne et nous ne sommes qu'en juillet. Que faire ?

Et pour nous aider, voilà-t-il pas que le père de Georges a réduit de moitié la pension qu'il lui sert, sous prétexte qu'il entretient une gourgandine... Ah bien, s'il savait, le bon-homme !

Nous vivons bien péniblement, Georges et moi. Nous nous privons de tout, pour arriver à payer notre chambre. Depuis quinze jours, nous ne mangeons plus de viande... rien que de la soupe et de temps en temps, un hareng. Le cheval même est trop cher pour nous. Ça ne peut pas continuer longtemps. Georges est trop malheureux et je sens bien qu'il m'en

veut un peu, bien qu'il ne dise rien. Et cela
me fait une telle peine. Moi qui l'aime tant,
mon Georges, et qui voudrait qu'il fût heureux, et qu'il devienne un grand savant
entouré de respect et d'honneur... Il porte
des vêtements râpés ; il n'a même pas de chapeau de paille et plus d'argent de poche pour
ses cigarettes.

S'il allait se détacher de moi, me quitter,
m'abandonner ! Oh, rien qu'à cette idée, je
me sens capable de tout faire, oui tout, me
vendre, voler, tuer, pour garder mon petit,
mon trésor...

Aujourd'hui, Georges a voulu faire quelque
chose, pour augmenter nos ressources ; il a
emprunté une canne de pêche à un ami, et il
s'en est allé sur les quais, pour pêcher. Il
affirmait rapporter une bonne friture.

Restée seule, je me suis ennuyée à la maison,
et de voir la misère de notre logis qui se vide
peu à peu, je me suis sentie une telle détresse
à l'âme que je n'ai pu y tenir. Le soleil chauffait dur, au dehors, et je suis sortie, je suis
allée au Luxembourg, sous l'ombre des grands
marronniers. Il y avait une foule, beaucoup
d'étrangers, un tas d'étudiants trop pauvres

pour quitter Paris et qui viennent ici chercher une illusion ; ils allaient en bandes, à petits pas, sous l'ombre, râpés, misérables, mais gais tout de même. Beaucoup d'étudiantes aux cheveux mal peignés, coiffées d'étranges chapeaux et lourdement attifées dans des toilettes baroques riaient et causaient fort, avec un accent dur. Naturellement, il y avait aussi beaucoup de filles, presque pas vêtues, sans corset et en jupons, qui étalaient des nichons flasques et lourds sous des corsages transparents.

Je m'étais assise sur un banc non loin du kiosque et je m'abandonnais à la somnolence douce de cette journée trop chaude ; les groupes qui passaient près de moi ne m'apparaissaient plus qu'au travers d'un brouillard lumineux et je sentis que j'allais m'assoupir, quand, tout à coup, une grosse voix claironna tout près :

— Tiens, Juliette, qu'est-ce que tu fiches là ?

Réveillée en sursaut, j'ouvris de grands yeux. Louisa était devant moi, qui s'éventait à coups rapides, rouge et en sueur, le corsage entr'ouvert, la gorge presque étalée.

— Eh ben, ma vieille, tu nous en poses des lapins, depuis le temps ! Voilà plus de six mois que tu t'es cavalée sans qu'on sache comment.

Toujours causant, Louisa s'assit lourdement à côté de moi, et continua à s'éventer bruyamment.

— Mince, y n'en fait, une chaleur ! Si les michés étaient comme le soleil, hein... en chaleur, ah, ah...

Je dus raconter par le menu toutes mes aventures, mon entrée à l'hôpital, mon collage avec Georges, mon établissement comme masseuse et mes ennuis actuels...

Louisa me plaignait et me donnait de petites tapes d'amitié sur l'épaule... « Pauv'chat, pauv' « Juju... »

Puis, tout à coup, elle s'écria en éclatant de rire :

— Mais je le connais, ton Georges, parole d'honneur ; même que je lui fais du plat à m'en dévisser les mirettes... seulement, y marche pas, il est nickelé.

Pas étonnant, puisqu'il est avec toi.

Et Louisa me raconta ses avatars, depuis son séjour à l'hôpital.

— Tu sais, on m'avait recollé ma quille et j'me suis cavalée dès que j'ai pu. C'est trop triste, ça schlingue trop dans c'te caserne d'hôpital. Alors, j'suis revenue au bar, et même que j'ai bien travaillé, parole d'honneur... J'faisais mes quatre thunes tous les jours. Pi, v'là un soir, après la Saint-Sylvestre, j'tombe dans une rafle et on m'embarque pour Saint-Lago... Alors, j'y reste six semaines, malgré que j'avais rien du tout, pas le moindre bobo... C'que j'm'a emmerdée, tu parles; y fallait turbiner tout le temps et pas moyen d'avoir du perlot ou des sèches. Non, j'm'en suis-ti arraché des cheveux blancs ! Après, on m'a relâchée et naturellement, j'suis revenue au bar et j'ai recommencé à travailler, mais ça m'avait porté la guigne et j'ai rien foutu pendant quinze jours au moins ; puis, v'là l'printemps qui s'a amené et alors, ça a biché tout de même... Les hommes, c'est comme les chats ; faut profiter du moment, pas vrai.

A présent, ça va doucement, mais ça va quand même ; et puis, tu sais, moi, j'suis pas bileuse. Quand j'ai la thune, j'bouffe, et quand j'en ai pu, j'serre mon corset... Oh, pas aujourd'hui, pour sûr... y fait bien trop chaud.

Regarde voir un peu, c'ruisseau qui m'coule
entre les nichons .. Mais c'est pas tout ça.
Faut venir prendre quèque chose ; j'paie une
mominette, au bar... Toutes les copines y sont.
Vrai, tu nous a fait un joli coup, avec ta disparition ; on croyait que t'étais embarquée
et on est allé te réclamer plusieurs fois.
Alors, c'est dit, tu viens, pas ! Mais viens donc,
grande bête, pisque c'est moi qui paie...

J'avais soif, j'étais triste, le babil de Louisa
me faisait du bien... Bref, quelques minutes
après, j'étais au petit café de la rue Vaugirard,
comme autrefois.

Notre entrée fut saluée par un même cri de
surprise :

— Pas possible ! Juliette !

Et les questions de pleuvoir à nouveau.
Toutes voulaient savoir. On m'entourait
comme un phénomène. Pensez donc, une fille
qu'a quitté le Boul'Mich pour turbiner à
l'hôpital, et qu'est masseuse, à c't'heure !

Toutes m'interrogeaient. Comment que ça
se pratiquait, le massage ? Est-ce que j'avais
aussi des vieux à passions, et des femmes ?
Est-ce que je me servais du fouet ou des
verges ?

J'étais un peu abasourdie... des vieux, le fouet, les verges ? Quel rapport cela avait-il avec ma profession ?

Alors, devant mon ignorance, toutes s'eclaffèrent. Vrai, quelle dinde, cette Juliette, qui ne savait pas que le massage... Ah, non, faut-il être cruche tout de même.

Comment, j'ignorais cette chose élémentaire que le titre de « Masseuse » est une enseigne destinée à attirer les vieux cochons et les vieilles sales ! Comment, je ne savais pas que ce métier très répandu ne consiste nullement à remettre en état des muscles fatigués, mais uniquement à satisfaire des passions étranges ! Ah bien vrai, j'étais jeune encore !

Pas étonnant, si je traînais la mouïse, si je faisais choux-blanc. Les ceusses qui sont malades ont des médecins spécialistes et ne viennent pas chez une petite femme de rien du tout qui n'a pas même de diplôme ; ça, c'est élémentaire, c'est réglé.

Alors, fallait me décider. Ou bien faire comme les autres ou fermer la boutique ; y a pas de milieu.

Et c'était bien facile ; le *Fin de Siècle*, le *Supplément*, le *Ruy-Blas* et bien d'autres

12.

feuilles ouvrent largement leurs colonnes,
pour pas cher, aux annonces des masseuses :
et ça prend toujours : d'ailleurs, je n'avais qu'à
essayer, je verrais bien.

Tout de suite, on s'occupa de me rédiger
une annonce épatante pour *Fin de Siècle*.

Après bien des hésitations, bien des dis-
putes, on se décida pour un texte court mais
suggestif.

*Mlle Juliette, masseuse médicale, méthode
anglaise. Reçoit tous les jours de 2 à 6
heures, 27, rue Saint-André-des-Arts, escalier A, au 2ᵉ, porte à gauche.*

Et voilà. Avec un peu de chance, je pouvais
décrocher le Pactole. Louisa affirma même
que cette sacrée Juliette serait avant un mois
dans un petit entresol, square Moncey ou rue
Pigalle.

Et Louisa poussa la confiance en mon succès jusqu'à me prêter un louis : je n'avais qu'à
attendre, oh pas longtemps, et à faire tout
ce qu'on me demanderait. Quant à ma vertu,
puisque Georges en était le locataire actuel,
elle pouvait être rassurée ; les vieux n'exige-
raient pas ça ; ils étaient contents avec leurs
petites histoires et cela suffisait. Et puis, après

tout, n'étais-je pas assez grande pour savoir me plier aux nécessités du moment. Le grand art consistait surtout à faire semblant de tout accorder en ne donnant que le minimum, contre bonne galette, bien entendu. Fourre-toi ça dans le citron, Juju.

Bref, dix minutes après avoir quitté Louisa et le petit café, le pas était sauté. *Fin de Siècle* comptait une cliente de plus.

Mon Dieu, que j'ai donc été cruche de n'avoir pas su cela plus tôt ! Jamais nous n'aurions eu la misère et les privations si j'avais commencé tout de suite par la bonne méthode. Mais voilà, mademoiselle se croyait déjà quelqu'un, mademoiselle avait des scrupules, rapport à Georges. et puis, je ne savais pas !

Voilà trois jours que mon annonce est parue, et j'ai de l'or dans ma poche ; j'ai déjà dégagé plusieurs objets, j'ai regarni notre cuisine, Georges a du tabac et un chapeau...

Je me suis procuré tout un arsenal, deux cravaches à chiens, des petites cannes en jonc très mince, des paquets de verges, des courroies...

Mon premier client m'a causé une émotion, je l'avoue.

J'étais à la fenêtre, avant-hier, et j'attendais, les yeux perdus dans le vague. Nous avions eu une querelle, Georges et moi, au sujet d'un hareng trop salé et j'étais un peu nerveuse.

Tout à coup, on sonne. J'ouvre, et un vieux monsieur très élégant entre, son chapeau à la main.

— Mademoiselle Juliette ?

— Oui, monsieur, donnez-vous la peine...

Il s'assied sur une chaise en s'épongeant le front ; moi, je m'étais éclipsée une seconde à la cuisine, pour donner un tour de main à ma coiffure.

Je revins aussitôt. Mon client était en train de se dévêtir.

Déjà !

— Mademoiselle, j'ai des crampes dans les cuisses et dans les mollets. Voilà, je suis très joueur et je demeure souvent assis toute la nuit auprès du tapis vert, de sorte que les émotions du jeu jointes à l'immobilité et à la tension nerveuse, me causent dans le bassin des troubles légers. Je voudrais être massé vigoureusement.

— C'est bien, monsieur, je suis à vos ordres.

Il se déshabilla complètement et ne garda
que sa chemise. Puis il s'étendit sur le divan
et je commençai mon travail.

Mais le vieux cochon voulait autre chose
qu'un banal tripotage de ses cuisses et de ses
mollets. Avec sa main, il guidait mes mouvements, toujours plus près des organes, et
je voyais ses yeux chavirer.

Soudain, il se retourna sur le ventre en
criant :

— Tape fort, nom de Dieu !

Et ma main s'abattit en avalanche sur
l'écroulement lamentable de ses fesses. Je
frappais à tour de bras, aussi fort que je le
pouvais. Lui, cramponné au divan, s'agitait
en poussant de petits cris rauques.

Enfin, au bout de dix minutes, il m'ordonna
de cesser et il demeura quelques instants immobile, haletant, cependant qu'un peu de
bave coulait de sa bouche.

Puis je m'employai à le revêtir et il s'en alla
bientôt, en chancelant. Sur la porte, il me
prit le menton et sa main s'égara sur mon
corsage, sur mes hanches...

— Je reviendrai, dit-il en me quittant.

Et cependant qu'il descendait l'escalier, je faisais sauter dans ma main, avec une inexprimable joie, un beau louis d'or brillant et neuf.

Depuis si longtemps, je n'avais eu tant d'argent à moi : vrai, il me sembla que le ciel s'entr'ouvrait et l'ignominie du travail que j'avais dû accomplir s'évanouit devant cette béatitude : gagner de l'argent, beaucoup d'argent..

Seulement, je mettrai à l'avenir une serviette sur le divan ; il y a des taches qui sont toujours laides à voir.

Ma clientèle augmente rapidement. Maintenant, je travaille tous les jours et j'ai à faire. Ce qui est drôle, c'est que mes clients sont tous presque vieux, avec des barbes grises et des cheveux rares ; mais ils sont généreux et c'est là l'important. Ce n'est pas que leur intimité soit agréable, ah Dieu non ! Et j'ai souvent des dégoûts ; mais bast, après, on n'y pense plus.

Les premiers jours, j'ai essayé de me défendre, et je refusais de me prêter à la sa-

tisfaction de leur désir. Mais j'ai compris tout
de même qu'ils ne viennent que pour « ça »,
les vieux sales, et je les subis, maintenant.
Seulement, je majore mes prix en conséquence,
comme de juste.

La première fois, cela m'a causé un réel
chagrin. Il me semblait que c'était mal de
tromper mon Georges et qu'il s'en aperce-
vrait. Mais cette impression a disparu ; d'ailleurs, je raisonne : Est-ce le tromper quand
je ne jouis pas, quand je reste de glace dans
les bras de mes vieux ? Non, n'est-ce pas. Je
ne vibre, je n'ai de bonheur qu'avec Georges.
Avec les autres, ce n'est qu'un geste, voilà tout.

J'ai exigé que Georges ne vienne jamais me
surprendre, l'après-midi. Il a paru satisfait de
mes explications et a promis d'obéir.

C'est vrai aussi : je tremble qu'il n'arrive
comme un boulet et qu'il ne tombe juste au
milieu d'une séance. Ce serait du propre.

D'abord, je perdrais mon client ; les vieux
n'aiment pas à être dérangés quand ils font
l'amour ; cela leur donne déjà assez de peine
sans y ajouter encore l'effroi de l'apparition
subite d'un amant jaloux.

Et si ce n'était que ça ! Mais Georges serait

capable de m'abandonner, et j'aime mieux
me jeter à la Seine tout de suite... Qu'est-ce
que je deviendrais, toute seule ?

Georges ne se doute de rien et je me suis
bien gardée de le renseigner. Il croit que c'est
un coup de chance et que ces malades que je
soigne sont envoyés par son professeur. Ah,
s'il savait, le pauvre amour, s'il pouvait voir
mes « malades » ! J'en ai un surtout qui est
extraordinaire. C'est un ancien colonel de cuirassiers, un homme superbe, grand, musclé,
une sorte d'Hercule, quoi ! Il est riche et naturellement, il a tant sacrifié à Vénus qu'il
ne vaut plus rien, maintenant.

Il est vidé jusqu'aux moelles, et la plus
belle femme, la croupe la plus ardente, les
scènes les plus libidineuses lui font autant
d'effets qu'un cataplasme sur un bras en
caoutchouc.

Avec lui, il faut employer des moyens mili-
taires, un vrai traitement de cuirassier.

Il vient deux fois par semaine et avant de
se mettre en route il avale je ne sais combien de dragées d'Hercule et une douzaine
de jaunes d'œufs battus dans une solution de
piment et d'épices à arracher le palais.

Alors, après un massage réparateur, il faut lui larder la peau des organes de mille coups d'aiguille, et piquer à tour de bras dans les chairs de la cuisse; ce n'est qu'au bout d'une bonne heure de cette affreuse gymnastique qu'il redevient un homme; il me saisit alors, et apaise sa fringalle. Ça lui coûte chaque fois cinquante francs.

La première fois, j'avais peur de lui faire mal et je n'osais enfoncer l'aiguille. Mais il se fâchait, et pour me montrer, il saisissait le petit instrument et se plantait à grands coups trois pouces de fer dans les muscles du bassin.

Chose curieuse, il n'y a jamais aucune trace de sang, et les piqûres, bien que cruelles, ne laissent aucune cicatrice. C'est sûrement de l'hystérie.

Mon « colonel » s'indigne de me voir habiter ce sale trou de la rue Saint-André-des-Arts; il m'a proposé de meubler pour moi un joli petit entresol ou un premier étage, dans le quartier de la Madeleine, rue Pigalle ou rue Blanche. Je n'ai pas dit non, et pour cause... Je me souviens trop de la misère que j'ai endurée et de mes regrets alors que, chez Cécilia, les vieux me proposaient des petits hôtels.

Mais je n'ai pas dit oui, non plus ; plus tard, on verra.

Comment expliquer un tel changement à Georges. Sûr, il se méfierait. On ne devient pas ainsi, tout d'un coup, assez riche pour payer des loyers de 2.000 francs, au moment où on sort de crever la faim !

Mais je n'ai pas dit non et je me réserve de choisir la date. Après tout, pourquoi ne profiterais-je pas de la passion du vieux « colonel ». puisqu'il tient à dépenser de l'argent ? Si je refuse. il trouvera quelqu'un d'autre qui acceptera des deux mains, et moi, je resterai dinde comme avant.

Ah non, je ne veux plus ! J'ai eu trop de misère pour m'y replonger de gaieté de cœur et, au contraire, je veux m'élever. je veux être riche. pour jouir de la vie, pour satisfaire tous mes instincts, pour épuiser tous les charmes de l'existence. puisqu'il n'y a que ça qui compte, et qu'après, c'est le grand saut final dans le noir éternel. dans la pourriture de la terre et le grouillement des vers...

Je renouvelle constamment mon annonce dans *Fin de Siècle* et dans le *Supplément*. et, chaque semaine, j'ai de nouvelles figures. Jusqu'à des femmes qui viennent. Mais avec elles, c'est une autre chanson, forcément. D'abord, elles se font masser par tout le corps ; il faut leur tripoter le ventre, les nichons, les fesses et Dieu sait quoi encore. Puis, c'est un navet ou une baudruche qui entre en scène et qui remplace « ce qu'Adam mit dans la... main d'Ève, pour obéir à l'Éternel ».

Parmi mes clientes, il en est une vieille, très élégante, un peu le genre de Cécilia, qui est vraiment féroce.

Elle vient très souvent et chaque fois, elle apporte un gros paquet, un costume qui doit servir à me déguiser. Tantôt, c'est un uniforme de pompier, avec le casque et les bottes; tantôt, c'est une livrée de valet de pied avec le chapeau claque et les gants de peau, d'autres fois encore, c'est un costume de chevalier Louis XIII, avec la salade et les cuissards.

Vrai, elle est loufoque beaucoup, ma vieille !

Pendant qu'elle se déshabille, je revêts le costume du jour ; puis, quand elle est nue, elle étale sur le divan l'écroulement lamentable de ses chairs et je commence à la triturer de toutes les façons. Ça l'excite, ça l'énerve ;

elle pousse des cris, elle me griffe, elle me
bat. Puis, après, c'est le grand jeu. Je remplis
d'eau tiède un godemichet énorme, que ne
désavouerait pas l'animal aux longues oreilles,
et pendant plusieurs minutes, on se croirait
dans une maison de fous. J'emploie toutes
mes forces pour maintenir la vieille en furie,
cependant que l'instrument fouille ses vastes
flans. Elle hurle sous l'affolante et voluptueuse
brutalité du contact, elle se pâme, elle se tord,
l'écume aux lèvres, les yeux révulsés, les
doigts crispés et, soudain, vaincue, heureuse,
terrassée par le spasme, elle s'abat, inerte, et
demeure ainsi quelques instants, dans une
prostration complète. Je profite de ce répit
pour me débarrasser de ma défroque et pour
redevenir moi-même. Enfin, lorsqu'elle est
remise, elle se rhabille et s'en va, rajeunie,
satisfaite, la démarche plus légère et le cœur
content. Pensez donc, elle a joui ! Par exemple,
elle emporte son petit outil. Jamais je ne voudrais garder « ça » chez moi : quelle histoire,
si Georges le voyait ! Il croirait peut-être que
c'est pour moi, et ça me froisserait joliment.
J'aime mieux « ça » au naturel, moi.

Quand mes clients me laissent quelque

répit, je demeure à rêver, étendue sur mon
divan, et je ne puis m'empêcher de songer à
l'entresol du « colonel ». Cet entresol me
hante continuellement et j'en ai une envie
folle. Ma chambre, c'est bien gentil, mais c'est
misérable, c'est petit, c'est purée, et les clients
doivent s'en apercevoir. Pour sûr que si
j'étais dans un joli appartement, dans un quartier élégant, avec de beaux meubles, des tentures, des bibelots, ma clientèle s'augmente-
rait vite. Et puis, qu'est-ce qui m'empêcherait
de doubler mes prix et de prendre deux louis
par séance ? Les hommes sont tellement dé-
goûtants, que plus « ça » coûte cher, plus c'est
meilleur. Alors pourquoi pas profiter !

Faudra que je parle à Georges.

CHAPITRE XV

OU SE PRODUIT UN COUP DE THÉATRE QUI PROJETTE UN COLONEL DANS LES LIMBES PARADISIAQUES DU BONHEUR PARFAIT.

Juillet 190...

Quand je suis née, le bon Dieu a dû écrire dans son grand livre : « Cette enfant-là sera toujours malheureuse ! »

Qu'est-ce que j'ai pu lui faire, au bon Dieu, pour qu'il s'acharne ainsi ? Voilà, j'étais bien tranquille avec mon petit Georges, je gagnais de l'argent, j'étais contente, je ne demandais rien qu'à vivre toujours comme cela, entre mon petit et mon chat, et v'lan, tout s'écroule, tout s'évapore... Et je reste seule, seule, avec ma honte, avec mon immense regret, avec mon affreux désespoir.

Je suis seule, Georges est parti ; il m'a quittée. Ah, je sais bien que c'est ma faute et qu'il a eu raison de m'abandonner, mon petit ; je sais bien qu'il ne pouvait tolérer le fait accompli, puisqu'il m'aimait. Mais pourquoi ne m'a-t-il pas tuée, dans son indignation ? Pourquoi s'en est-il allé, en me laissant, avec la vie, l'épouvantable regret de l'avoir perdu. Ah ! Georges, mon petit soleil, mon petiot .

En me quittant, il a eu un rire de mépris : — Tu te consoleras... avec le colonel, dans un petit entresol...

L'entresol de la rue Pigalle ! Oui, je l'ai, mon entresol, et, par dessus le marché, j'ai le colonel. Je suis une petite entretenue, je fais le truc en grand, maintenant, je suis une putain calée, avec des chiffons en soie, des dentelles, des diamants, de l'or...

Mais Georges, Georges ! Lui, il est perdu, il est loin, il n'existe plus, et c'est fini ! Ah ! comme je regrette notre chambrette, notre lit d'où s'élevait la volupteuse chanson d'amour, notre intimité douce, malgré la gêne et la misère !

Il y a juste un mois ! C'était par une après-
midi torride, une chaleur à fondre les chimères de Notre-Dame ! Je sommeillais, assommée, dans le divan : les volets clos laissaient
filtrer des flèches d'or qui dessinaient dans la
chambre des taches éblouissantes où jouaient
des poussières.

Dans la rue, personne, pas un bruit... La
ville semblait dormir, accablée, et rien ne se
percevait qu'une rumeur imprécise venue de
très loin...

Georges était au Luxembourg, sous les marronniers.

Tout à coup, bing, bing...Je me réveille en
sursaut. C'était le colonel. Il arrivait, ardent,
les yeux pleins de désir et, dès le seuil, il me
couvrit de baisers. La chaleur l'excitait sans
doute. Pourtant, ce n'était pas son jour.

J'étais bien lasse, molle comme une chiffe,
du coton dans les jambes ; je dus me résigner
cependant. Le colonel était déjà sur le divan,
tout nu, attendant ses piqûres. Tout d'abord,
je lui administrai quelques coups de cravache
et je me sentis soulagée de frapper ainsi ce
vieux salaud qui m'avait réveillée. Puis, laissant la cravache, je saisis les aiguilles et je fis

une pelotte de ses cuisses et de la peau des
organes. Je piquais avec rage, avec volupté...
Tiens, saligaud, tiens, cochon, encore celle-
là, et puis celle-là, crèves-en, pourceau !

Ah ! ce ne fut pas long. Pour sûr, la chaleur devait l'exciter, car il était prêt au bout de
quelques instants, et je pris place sur le divan.
Il se jeta sur moi comme un affamé... jamais
il n'avait été aussi viril, aussi jeune... Il me
tourmentait, avec ses mains, avec ses pieds...
Sa bouche, collée à mes seins, me tirait du
sang... La sueur coulait à grosses gouttes de
son corps nu...

. . . .

Soudain, la porte s'ouvrit... Un flot de
clarté illumina la chambre et Georges apparut sur le seuil. Il eût un cri de stupeur et demeura quelques instants immobile, comme
figé. Puis, ironique, il souleva son chapeau et
se retira en nous jetant : — Ne vous dérangez
pas, continuez !

J'étais folle ; une sorte de rage s'empara de
moi et je mordis, je griffais, pour me débarrasser du vieux.

— Allez-vous-en, mais allez-vous-en donc !
Lui, un peu gêné, un peu pâle, balbutiait :

13.

— Est-ce qu'on m'a reconnu ? Croyez-vous qu'on m'ait reconnu ?

— Non, mais partez, tout de suite, partez...

Il parut soulagé et se revêtit en hâte. Je le brusquais, je le bourrais de coups, dans mon exaltation croissante.

— Dès qu'il fut prêt, il me prit dans ses bras pour m'embrasser ; puis, redevenant sérieux, il renouvela ses offres :

— Je vais de ce pas louer l'entresol. Venez, je vous attends... Tout, vous aurez tout, toilettes, diamants, équipage... Je suis riche. Vous viendrez, n'est-ce pas ! Il faut venir... Vous ne pouvez plus rester ici. Promettez-moi que vous viendrez bientôt, demain...

Pour le décoller, je promis tout et il s'en fut.

Comment décrire les heures qui suivirent ? Ce fut atroce. Je me roulais sur le tapis, en proie à une terrible crise de nerfs ; déjà, je me voyais abandonnée, seule... Georges parti, disparu...

Puis, peu à peu, le calme revint et je pus réfléchir. En somme, c'était moi, la coupable. Georges était trop naïf, trop tendre pour soupçonner, et il ignorait tout. Pouvait-il se dou-

ter d'où venait l'argent ? Pouvait-il croire que
je vendais mon corps ? Absorbé par la science,
il ne savait rien voir en dehors des problèmes
qui occupaient son esprit et la vie lui était
inconnue. Dans sa naïve confiance, il se figu-
rait que je massais des vieilles dames très dé-
votes, confites en patenôtres, qui avaient des
rhumatismes, ou bien des vieillards goutteux,
membres du club de M. Bérenger.

Il ignorait tout, le pauvret : sadisme, maso-
chisme, gynécocratie, tout cela, c'était du
néant, de l'inexistant, pour lui, âme pure !

Et je ne me faisais aucune illusion. C'était
fini, maintenant. Georges trompé ne voudrait
plus de moi. Son pauvre amour trahi, bafoué,
souillé par ce vieux, par cette ruine, et cela,
pour de l'argent ! Quelle honte de me connaître, d'être mon amant.

Et j'avais fait de lui, du bon, du pur, du
loyal étudiant, l'égal, le confrère de ces jeunes
gens en casquettes qui rôdent autour des filles,
le surin dans la poche...

Quand Georges revint, ce fut bref. Il entra,
et ne daigna même pas me voir. Je voulus me
jeter à son cou ; il me repoussa avec mépris...
Je voulus protester, lui ouvrir mon cœur, il

garda un silence hautain. Dans une petite valise, il empila ses vêtements, ses livres, tout
son avoir...

Dans sa poche, il avait encore l'argent que
je lui avais donné, le matin même. Il le lança
à mes pieds, d'un geste de dégoût.

Moi, affaissée, douloureuse, le cœur brisé,
je regardais mon petiot qui s'en allait et je ne
sus pas l'attendrir : je sentais trop ma honte,
j'étais trop coupable...

Quand il eut terminé, il prit la valise et ouvrit la porte. Je voulus m'élancer pour l'empêcher de partir, mais il m'évita comme s'il
eût craint de se salir en me touchant. Et sur
le seuil, il me lança le terrible, le désespérant
adieu... Puis, il referma la porte et descendit
l'escalier en courant. . J'étais seule.

Après, je ne sais plus. Je m'évanouis et je
ne revins à moi que très tard, dans la nuit.

Mais mon esprit malade n'était plus capable
de lier une idée ; j'avais une impression d'iso-
lement absolu, de chute dans un désert immense où j'étais perdue : et je m'étonnais de
raisonner froidement et d'envisager sans
trouble et sans protestation ma situation
d'abandonnée..

— C'est bien fait... Georges est parti et tu
es seule, à présent... Pourquoi t'es-tu donnée
à ce vieux ? Pour gagner de l'argent ! Avais-tu
besoin d'argent, puisque Georges était là ?
C'est bien fait... Il est parti et il ne reviendra
plus, plus jamais... Tu lui as fait trop mal, tu
l'as meurtri et il souffre par ta faute... Et tout
cela, pour de l'argent... Parce que tu es coquette, tu aimes le bien-vivre... Tu es seule
à présent ; Georges est parti... Georges ne peut
aimer une fille, une putain : et tu n'es qu'une
putain, Juliette Audéoud, tu n'es qu'une fille.
une fille... une fille...

Des bruits montaient de la rue et répé-
taient sans cesse : une fille, une fille... Le
tic-tac de ma montre semblait aussi me faire
un reproche... pu-tain, pu-tain, tac-tac, tac-
tac...

C'était abominable, n'est-ce pas. Je ne pouvais plus supporter cela. Et dans la nuit, je
sortis, chancelante, fuyant la chambre odieuse,
pour ne plus voir ce lit où nous avions fait
tant de bonheur, Georges et moi, et ce divan
où s'était consommée ma dégradante chute,
l'écroulement de mon amour.

Le reste de la nuit me vit au petit café de la

rue Vaugirard où je retrouvai Louisa et les
autres.

On me consola. Pour un homme perdu,
voilà-t-il pas des giries! Ah! ben, malheur,
y en a assez, de ces salauds. C'est des ingrats.
A preuve, ton Georges, un gommeux que tu
t'es éreintée à frusquer et qui te plaque
comme un cochon... Et y sont tous comme ça,
va! N'en faut pu, de l'amour, c'est du chiqué!
Y a pu que la galette! Faut leur z'y bouffer
toute leur galette, aux hommes : c'est une
compensation...

Deux jours après, j'étais rue Pigalle, dans
mon entresol. Louisa s'était installée dans ma
chambre, rue Saint-André-des-Arts. Je n'avais
pas eu le courage de vendre les meubles, le lit,
le divan, et je lui ai donné tout. Et puis, ai-je
besoin de ces choses, à présent?

Le colonel est généreux. Tous mes désirs
sont aussitôt comblés; mes meubles sont
luxueux, tentures en liberty, tapis somptueux,
bibelots d'ivoire, porcelaines. J'ai un petit
coupé avec un joli cheval et un cocher en livrée, de chez le loueur Camille... J'ai des bijoux
magnifiques, des toilettes de chez Paquin, des
chapeaux de chez Lewis... Je suis chic, enfin !

Mais il y a le vieux ! Et puis, sans Georges, comment puis-je vivre? C'est une énigme. Que fait-il, que devient-il, le pauvre petit? Ah ! s'il savait combien je l'aime encore, malgré son mépris, s'il savait que je ne pense qu'à lui, que seul son souvenir me permet de subir la vie...

Je recommence à faire la noce. Je suis tellement meurtrie et brisée moralement qu'il me faut des diversions et je trouve du soulagement à me vautrer dans la vie à outrance... Tous les soirs, maintenant, je suis de quelque partie... on soupe, on boit, on fait du boucan avec un tas de poires et des filles. Moi, je fais plus de bruit que les autres, je casse les verres, je danse sur les tables au grand effroi des garçons et je bois, je bois... Je suis saoule dès minuit. On me rapporte ivre, titubante, à la maison. Le matin, j'ai la pituite, la gueule de bois, les cheveux en marmelade, et je dors, assommée, sans rêver. Ah ! c'est bon de ne plus penser, de ne plus se souvenir, d'être comme morte...

Le colonel est surmené. Je l'achève, tout simplement. Il n'en peut plus, mais, toujours

vaillant, en vrai soldat, il jure qu'il mourra
debout, en présentant les armes. Pour le moment, il a... l'oreille rudement basse et c'est
toute une comédie pour le réveiller. Il se con-
gestionne très facilement, et gare l'attaque.
Moi, je m'en fous : il me laissera de l'argent,
quand il mourra. Et je n'ai aucune crainte : il
est bien trop amoureux, le vieux cochon !

J'ai revu Cécilia, dans nos bordées, le soir,
et j'ai renoué avec elle. Grâce à son habileté,
mon ancienne patronne se maintient assez
bien, sauf qu'elle engraisse outrageusement
Elle m'a trouvée enlaidie. Voyez-vous ça !

Naturellement, elle a toujours sa cour, les
artilleurs et la cavalerie légère. Lucien est sur
le point de passer artilleur : il a hérité.

Ça m'a amusée de coucher de nouveau avec
lui, oh ! une fois en passant. Et il n'a pas osé
me proposer de l'argent ; il m'a offert une
bague. Je l'ai donnée à Louisa.

C'est que je vais quelquefois rue Vaugirard.
Le milieu m'est si familier, et puis, ça me
flatte d'éblouir un peu les pauvres filles qui
m'ont connue dans la purée. J'arrive en grande
toilette, couverte de diamants ; le coupé attend
à la porte et je m'enfile avec volupté une mo-

minette. Louisa et Cléo, qui sont toujours
collées, me racontent les potins. On n'a pas revu
Georges ; on ne sait pas où qu'il a passé !

Georges, mon pauvre petiot !

Depuis quelque temps, j'ai mal dans le dos
et la poitrine. J'ai des sueurs, la nuit, et je
m'éveille, trempée. Avec ça, de la fièvre, de
l'abattement, des idées noires. Ça m'inquiète
un peu et je devrais consulter un médecin ;
mais je n'ai pas le temps. Est-ce qu'on a le
temps de faire quoi que ce soit. Je suis si occupée. D'abord, je dors jusqu'à deux ou trois
heures ; puis, après, ma toilette me retient
jusqu'à cinq. Ensuite, visites chez les modistes,
essayages chez les couturières, apéritif ou thé
n'importe où. Le soir, après dîner, théâtre ou
music-hall, souper, bombe, et la cuite habi-
tuelle comme couronnement. Ai-je vraiment
le temps de me soigner !

Mon colonel se surmène de plus en plus et
j'attends à chaque minute l'attaque fatale. Ce
n'est pas que cela me chagrine, au contraire,
Quelle délivrance ! Mais ça m'ennuie : c'est
toujours embêtant de songer qu'on peut se
réveiller à côté d'un cadavre. Je voudrais qu'il

claquât une nuit, au restaurant, en pleine
bombe, et que ça soit fini. Ça me ferait une
chouette réclame dans les journaux.

Et je ne voudrais pas non plus qu'il souffrît.
Après tout, c'est un brave homme qui ne ferait
pas de mal à une mouche. Et le soigner, rester
de longues heures à son chevet, dans une
atmosphère d'acide phénique, jusqu'au râle,
brrr... Ça me fait frissonner. J'en ai trop vu,
à l'hôpital, quand je travaillais... Je ne voudrais pas recommencer.

Dieu, que je suis fatiguée, quelquefois. On
ne se figure pas comme c'est éreintant de ne
rien faire, que la noce. Ce qui m'agace par-
dessus tout, ce sont les essayages chez Paquin
ou chez Boué sœurs... les mannequins insolents qui devinent tout de suite votre profession et qui vous traitent d'égale à égale, les
grandes dames qui vous regardent du haut de
leur face à main d'un air dédaigneux... Peuh !
une fille !

Tas de mijaurées, va ! J'aime encore mieux
les modistes. Chez elles, on se sent en famille,
on est du même bord. Il y a autant de boue
sur leurs robes que sur la mienne, seulement
on ne se le dit pas.

Je joue aux courses avec passion, avec
volupté, et je perds ; je perds beaucoup, naturellement, car je joue gros jeu. Le colonel
s'amuse de mes fureurs et il paie en souriant.
Il paie toujours ; il ne fait plus que ça, maintenant. Pour le reste, la petite chose, il est
trop vidé ; il ne peut plus ; les piqûres ne font
plus d'effet.

Hier, j'ai perdu deux cents louis, à Saint-
Ouen ; c'est vrai, aussi, je joue deux ou trois
canassons qui claquent au premier tournant.
J'avais le bon tuyau, pourtant !

Et dire qu'on pend la crémaillère, ce soir,
chez Liane de Rouvray ; ce que ça me barbe !
On va encore bouffer et boire jusqu'à en crever,
puis après, on fera des saletés, c'est sûr. En
tout cas, je ne mets pas de corset : c'est une
précaution.

Je voudrais bien savoir avec qui je ferai
l'amour, ce soir.

CHAPITRE XVI

OU L'ON VOIT UN CHALET ROUX ABRITER
UNE AGONIE

Leysin, fin août 190...

J'ai quitté Paris comme une voleuse : je me
suis enfuie, le cœur plein de dégoût, l'âme et
le corps malades...

Est-il possible que tant d'événements se
succèdent ainsi en si peu de temps...

Je me sentais affaiblie, mal en train, depuis
longtemps : mais le tourbillon fou de ma vie
ne me permettait pas de m'attarder à ce que
je croyais un malaise banal. J'avais des sueurs
désagréables, la nuit, des douleurs sourdes

dans la poitrine et dans le dos une gène pour
respirer.

— C'est un rhume mal soigné, une misère,.
pensais-je, et je n'y prenais pas garde.

Mais peu à peu, j'ai vu mes yeux se plomber
d'une façon inquiétante ; j'avais les prunelles
brillants et des rougeurs aux pommettes; mes
seins dont j'étais si fière, semblaient dégonflés
et commençaient à pendre ; j'en avais un réel
chagrin.

Quand nous étions en bombe, les camarades me lançaient d'étranges regards, comme
s'ils m'observaient ; à plusieurs reprises, j'eus
des syncopes au beau milieu d'un chahut.
Mais je ne m'inquétais guère : c'était du surmenage, probablement ; je faisais trop la noce,
l'amour et le reste.

Le colonel, pensait comme moi et il avait
décidé que nous irions passer quelques semaines
à Biarritz, dès le commencement d'août ; on
resterait bien tranquilles, dans une pension,
puis, après, on irait faire un tour en Espagne
et on rentrerait à Paris pour la fin d'octobre.
Ce projet m'allait comme un gant. Je me sentais si fatiguée, que la sale noce commençait à
me dégoûter. Je rêvais de voir autre chose que

les têtes à gifles des poires habituelles, d'autres paysages que les dorures criardes et les velours fanés des cabinets particuliers...

Et puis, la mer! Ah! comme j'allais me plonger dans l'eau salée, pour me nettoyer l'âme. Quelles douches j'allais prendre pour ôter de mes cheveux l'odeur des cigares, de mes joues, la trace des baisers, de mes lèvres, le goût des alcools...

Et patatra ! Il était dit que ça croulerait. On aurait voulu le faire exprès qu'on n'aurait pas mieux réussi.

La veille de notre départ, le colonel voulut donner une fête sensationnelle à ses amis du cercle. Il commanda un souper fin et fit venir une douzaine d'ex-chahuteuses qui devaient exécuter des danses fantaisistes dans les costumes les plus sommaires.

A minuit, tout le monde était déjà fortement éméché et la fête était à peine commencée. Ce qu'on mangea, ce qu'on but, c'est effrayant. Tous ces hommes, des vieux, d'anciens officiers pour la plupart, s'envoyaient du champagne et des liqueurs comme de simples verres d'eau. On faisait un sabbat infernal.

Le petit duc Henry de L... tenait le piano,

pendant que les filles dansaient, et c'était un enchevêtrement de chairs presque nues, de nichons secoués, de croupes bondissantes, dans l'envol des chevelures dénouées...

Tout à coup, le colonel se souleva d'un geste brusque et fit quelques pas en chancelant, les mains étendues, les doigts crispés. Puis il s'abattit face contre terre et demeura inerte.

On s'était précipité; les filles, prises de peur, criaient ; les hommes juraient. On porta le colonel sur un sopha et l'un des convives, une espèce de médecin, le déshabilla aussitôt. Mais c'était fini ; le colonel était mort, foudroyé par l'apoplexie.

La soirée s'acheva en défilé funèbre. Toute la nuit, je demeurai auprès du cadavre, sanglotante. Ah ! certes, je ne l'aimais pas, ce soudard qui gisait là, dans l'éternel sommeil : je ne l'avais jamais aimé, bien sûr et cependant, j'éprouvais un immense chagrin. Le seul être qui ne fût pas indifférent à mon existence venait de passer, et de nouveau, j'étais seule, abandonnée.

Deux jours après, on l'enterra. Les funérailles furent magnifiques ; la troupe rendit

les honneurs ; puis, tout redevint calme et la
vie continua sa course échevelée.

Le testament du mort me faisait un sort
enviable : 10.000 francs de rentes viagères ; en
outre, tout ce que contenait mon appartement
devenait ma propriété. J'étais riche. J'allais
pouvoir vivre en femme honnète, enfin.

Ah, bien oui ! On n'attendait que la mort
du colonel pour m'accaparer ; le surlendemain
des obsèques, c'était déjà chez moi un défilé
de viveurs et de sales vieux disposés à prendre
la succession du défunt. J'eus beau essayer de
me défendre ; ce fut inutile. Je suis trop veule,
trop lâche, pour résister, et je devins la maîtresse de tout le monde, sans savoir pourquoi... pas par plaisir, bien sûr !

Au bout de quinze jours, je faisais la noce
comme avant et on ne parlait plus du colonel
que pour s'en moquer...

Mais j'étais à bout de forces. Tout de même,
il y a des limites ; je souffrais réellement.

D'insupportables courbatures me laissaient
brisée et pantelante sur ma chaise-longue.

J'avais de l'oppression, je toussais continuellement, j'avais de la fièvre. Un jour, je vis du
rouge sur mon mouchoir.

Ce coup-là, j'eus peur. Je fis venir le père Boche, le bon vieux père Boche. Il ne me reconnut pas. Après un examen sérieux, il fronça le sourcil et m'ordonna de filer à la montagne, au galop. Mon mal était grave, mais je pouvais m'en tirer, avec de la volonté et une hygiène sévère. Il m'indiqua Leysin. Ce fut pour moi une révélation. J'étais phtisique et le père Boche devait me trouver bien malade, pour faire un tel nez.

Le lendemain, je refermai sur moi la portière d'un wagon-lit, et en route vers Leysin, vers la guérison, vers la vie. Oui, je voulais vivre, je voulais jouir encore du soleil, des fleurs, de la nature, maintenant que j'étais riche et que je pouvais éviter la boue et la saleté. J'allais vers la guérison, vers le grand ciel pur où rien ne trouble les pensées, où la honte du passé s'évanouit dans la splendeur des crépuscules violets et des horizons majestueux.

Leysin, l'espoir, la délivrance !

J'ai bien mal. Je tousse sans cesse, et du sang me vient aux lèvres, à chaque instant. La fièvre me brûle... je suis si lasse, je suis si fatiguée.

Je demeure étendue sur ma chaise-longue,
sous le grand sapin, avec le Chamossaire aux
rochers dentelés pour confident. Je sommeille
à demi, dans la paix grandiose des montagnes;
je ne pense à rien, je ferme les yeux et je
n'entends que le frémissement de la brise dans
les branches.

Il fait bon, sous le sapin ; il me semble que
j'ai toujours vécu là et que rien ne s'est passé...
Le presbytère, le grand-duc, le Luxembourg,
l'hôpital, le colonel, tout cela me paraît un
rêve baroque, quelque chose de risible et de
douloureux à la fois, une histoire que j'ai dû
entendre quelque part, je ne sais plus où; oui,
j'ai dû sommeiller bien longtemps, depuis mon
enfance et je m'éveille maintenant, je commence seulement à vivre. C'est pour cela que
je suis si faible, sans doute : j'ai dormi trop
longtemps, pendant des années...

J'ai un gentil petit chalet, un vieux petit
chalet roux bâti jadis par les grands-pères des
vieux d'à-présent. Il est tout en bois, mon
chalet et il craque de partout, comme s'il allait
s'abattre, saoul de vétusté ; mais il est solide
et je n'ai pas peur.

Les fenêtres toutes petites semblent cligner

de l'œil aux sapins des forêts voisines ; il règne une odeur de résine et de vieux bois, mêlée aux parfums balsamiques de l'air.

Des herbes folles poussent à l'entour du petit chalet, envahissent l'escalier, et de la mousse enrobe les planches et les bardeaux du toit sur lequel de grosses pierres dorment depuis l'autre siècle.

Mais combien j'ai de peine à me mouvoir. Je suis si faible... Je n'ai plus de forces, plus d'appétit. Je ne peux pas manger... Pour faire les quelques pas qui séparent le chalet du sapin, je reste au moins dix minutes, trébuchant à chaque pas, appuyée sur une canne et toujours prête à m'écrouler.

Qu'est-ce que j'ai donc pour être si faible ! Et cependant, je ne souffre pas trop. Sauf cette fièvre continuelle qui m'exaspère, et cette toux dont les spasmes me secouent, je ne sens pas de mal... Quelquefois, une douleur aiguë dans la poitrine, de l'oppression, des courbatures...

Mais ça va aller mieux ; le médecin me rassure. Dans quelques semaines, j'aurai recouvré mes forces et je pourrai faire des promenades dans les bois ; il y a des myrtilles, et

je les adore ; j'irai en cueillir. Et puis. je ferai
des bouquets. pour orner ma chambre. je
ramasserai des pommes de pin pour décorer.
Ah. je m'amuserai bien.

La bonne vieille qui fait mon petit ménage.
maman Vaudroz, comme on l'appelle, m'assure que je suis taillée pour vivre cent ans.
Pour elle, ce que j'ai ce n'est qu'un petit bobo
de rien du tout... Il faudrait me marier, dit-
elle, et ça passera. Y a ran de tel que le
mariage pour dégourdir les jeunesses qu'est
pas solide...

Ah, si elle savait, la pauvre vieille !

Je suis au lit depuis huit jours... J'ai attrapé
un gros rhume sous le sapin...

C'est vrai, aussi, je fais de telles imprudences !

Je reste trop tard le soir et il fait frais ; le
brouillard monte vite. enveloppe tout, cache
tout : et dans les branches du grand sapin. la
brise pleure... on dirait d'un long râle entre-
coupé de sanglots.

J'ai pris froid. un soir : j'avais oublié mon
châle et j'ai senti un frisson dans le dos. Depuis,
je tousse à fendre l'âme : j'ai craché du sang,
j'ai une fièvre intense... Le médecin m'a dé-

fendu de me lever et je m'ennuie : il fait beau
dehors ; le soleil chauffe et je serais si bien,
sous le sapin. Mais Mme Vaudroz est là, tel
Cerbère à la porte de l'Érèbe ; elle a pour con-
signe de me soigner et il faut qu'elle me soigne.
Avec ses grosses mains ridées et crevassées,
elle peigne mes cheveux ; quelquefois elle tire
un peu fort, sans le vouloir... Puis, elle me fait
boire du tilleul et elle prépare la viande de
mouton crue, le bouillon, les œufs, le lait...
Tout cela m'écœure. Je ne peux pas manger.
Mais j'ai soif, sans cesse. Je boirais dix litres
de tisane si elle me les donnait...

Je n'ai pas de nouvelles de Paris. Personne
ne m'écrit ; personne ne pense à moi. Il y a
bien Louisa qui m'envoie de temps en temps
une carte postale illustrée, toujours le même
sujet : une femme nue tenant des fleurs et levant
vers le ciel jaune des yeux de carpe en chaleur !
Mais cette simple carte me fait du bien quand
même. Louisa se souvient encore entre deux
saouleries...

Le temps est gris... Il fait un peu froid. Des
brouillards habillent les montagnes. Comme
le ciel est triste !

14.

Je suis faible... Il faut que je fasse un grand
effort pour tracer ces quelques lignes... Et je
tousse toujours : j'ai maigri effroyablement et
on ne me reconnaîtrait plus. Mes membres sont
fluets comme ceux d'une fillette.. Je n'ai même
plus de nichons... Tout a fondu... Vrai, je
ferais une triste figure si j'apparaissais ainsi au
café Riche ou chez Maxim's.

Le médecin vient tous les jours, à présent.
Il me rassure ; ça ne sera rien : c'est le moral
qui est un peu affecté. Et pour me remonter le
moral, il m'envoie le pasteur... Un brave
homme, je ne dis pas, mais ça m'a fait
mal...

J'ai rêvé toute la nuit du presbytère, de mon
père, de ma mère et des deux tombes, là-bas,
dans le petit cimetière, sous les ifs où roucoulent les merles.

Dieu, que je suis fatiguée ! Je voudrais dormir,
dormir longtemps, sans rêves, dormir toujours...

Je viens de relire quelques pages de mon
journal... Est-il possible que j'aie écrit tout cela !
Je voudrais le brûler, pour que personne ne
puisse lire... Mais je n'ai pas le courage. Pauvre

petit journal, mon confident. mon seul ami...

Je souffre... Je suis si seule... Personne ne
pense plus à moi, personne... Je crèverais
comme un chien que pas une âme ne suivrait
mon cercueil.

Mais je suis bête! Est-ce qu'on meurt à
vingt ans? Je suis malade, c'est vrai; je suis
faible, amaigrie, je tousse... Dans quelques
jours, il n'y paraîtra plus... Je me lèverai; le
docteur l'a affirmé... Et je serai de nouveau
vaillante... Ce n'est qu'une crise... la conséquence du surmenage...

Parbleu, j'ai vécu trop vite, j'ai trop bu, trop
mangé, trop fait l'amour et pas assez dormi...
Allons, un peu de patience... Encore quelques
jours, au lit... et après. , la sieste au soleil...
les rêves sous le sapin... les promenades dans
les bois... où il y a des myrtilles... des fleurs,
de belles fleurs... et dans les pâturages, des
vaches... avec leurs clochettes...

Oui, demain, bientôt... Je me sens déjà
mieux... Je vais me lever... Mais je suis si
faible... si faible...

Ah! si Georges était là, je serais forte, je
serais guérie, tout de suite... Mon Georget,
mon pauvre petit soleil, mon...

CHAPITRE XVII

OU M. LA VRILLE VIENT SALUER LE PUBLIC
A LA CHUTE DU RIDEAU

Est-ce bête... Je pleure ! c'est plus fort que moi...

Pauvre Juliette, pauvre petite fille de joie !

La mère Vaudroz qui vient d'entrer me raconte que Juliette avait son journal sur son lit quand on l'a trouvée morte... La plume était tombée à terre...

On a emporté la morte, là-bas dans le cimetière jonché de fleurs... Le manuscrit est demeuré dans le tiroir de la vieille table. Ces feuilles de papier, c'est tout ce qui reste d'une vie de souffrances. de larmes et de dégoûts.

Et je réfléchis... Elles sont comme cela des milliers, troupeau brillant, qui écrivent chaque jour leur pauvre roman ; sous leurs toilettes, que de honte ! Dans leurs sourires, que de détresses, que de douleurs, que d'amertumes !

Et cela m'émeut jusqu'au fond du cœur... Je vais aller au cimetière, je chercherai ta tombe, chère petite Juliette, et si je trouve des fleurs, je les effeuillerai à tes pieds...

Et ce sera le témoignage de ma pitié immense pour toi et pour tes sœurs... Je jetterai des fleurs sur vos hontes, pauvres filles douloureuses, je mettrai des lys dans vos mains et cela vous sera peut-être une joie de penser que ce blagueur, ce sceptique, cet insouciant La Vrille souffre de vos peines et pleure avec vous.

Juin 1906.

FIN

13-6-06. — Tours. imprimerie E. ARRAULT et Cⁱᵉ.

R. DORN, Libraire=Éditeur
PARIS. — 51, Rue Monsieur-le-Prince, 51. — PARIS

VENDUS COMME ESCLAVES

RÉCITS AUTHENTIQUES DE L'INSURRECTION DES NÈGRES-MARRONS
SUR LA RIVIÈRE-ROUGE EN L'ANNÉE 1858

Par CLAUDE FUNCK-BRENTANO

Ornés de 10 planches hors texte par H. DE STA

Prix : 3 fr. 50

SACHER-MASOCH

VÉNUS IMPÉRATRIX

Traduit de l'Allemand
Vol. I

VENUS IMPERATRIX

NOUVELLES POSTHUMES. — PREMIER VOLUME
de **LÉOPOLD von SACHER-MASOCH**
Traduit de l'allemand
Un volume in-8° orné de 12 planches, couverture illustrée.

Prix : 5 fr.

R. DORN, Éditeur, 51, rue Monsieur=le=Prince, PARIS

VIENT DE PARAITRE

LES BATTEUSES D'HOMMES

de LÉOPOLD von SACHER-MASOCH

Traduit de l'allemand

ORNÉ DE 10 PLANCHES HORS TEXTE

Prix : 3 fr. 50

AVANT-PROPOS

L'accueil si enthousiaste que le public a fait à l'admirable ouvrage du brillant romancier hongrois Sacher-Masoch, paru sous le titre de *Vénus Imperatrix*, a engagé l'éditeur de ce beau livre à publier un second volume, qui fait suite au premier, et qui excitera non moins la faveur et l'admiration d'un public d'élite.

Le présent ouvrage contient des pages magistrales saturées d'une affolante passion et comptant parmi les plus belles productions de l'étonnant romancier.

Le type de l'impérieuse dominatrice, qui écrase et humilie sous son inexorable joug l'homme qui se laisse prendre dans ses filets, est décrit d'une façon émouvante dans cette œuvre supérieure.

Ce qui impressionnera surtout le lecteur, c'est que toute fantaisie est bannie de ces récits, pris sur le vif dans la vie réelle et racontés avec une sincérité qui ne laisse aucun doute sur leur exacte vérité.

Ces femmes altières, au tempérament hautain et autoritaire, vivent parmi nous, cherchant sur leur chemin une proie à martyriser et à briser sous leur implacable et tyrannique volonté. Ce sont de belles tigresses, sanguinaires et cruelles, et l'homme qui a senti la magie de leur pied sur la nuque est perdu à tout jamais. Il a beau chercher à se soustraire à leur puissante fascination, ses efforts sont vains et il tombe comme l'esclave dompté.

Tel est ce livre étrange, que tous les curieux de sensations rares et tous les raffinés d'amour liront avec ferveur.

Imprimé en France
FROC021710060720
24425FR00008B/427

9 782329 419411